夏放诗选 2001 - 2018

喜鹊与细柳

夏放 ———————— 著　长江出版传媒 | 长江文艺出版社

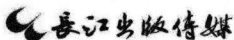

图书在版编目（ＣＩＰ）数据

喜鹊与细柳 / 夏放著. -- 武汉：长江文艺出版社，
2020.5
　　ISBN 978-7-5702-0974-3

　　Ⅰ. ①喜… Ⅱ. ①夏… Ⅲ. ①诗集－中国－当代
Ⅳ. ①I227

中国版本图书馆 CIP 数据核字(2019)第 069786 号

责任编辑：谈　骁　　　　　　责任校对：毛　娟
封面设计：祁泽娟　　　　　　责任印制：邱　莉　　王光兴

出版：　长江出版传媒　　长江文艺出版社
地址：武汉市雄楚大街 268 号　　　　邮编：430070
发行：长江文艺出版社
http://www.cjlap.com
印刷：武汉市籍缘印刷厂

开本：880 毫米×1230 毫米　　1/32　　印张：9.5　　插页：4 页
版次：2020 年 5 月第 1 版　　　　2020 年 5 月第 1 次印刷
行数：5700 行

定价：46.00 元

夏 放

原名张夏放，1968 年生，陕西临潼人。北京大学文学博士。1993 年起，在文学杂志发表小说、诗歌近百篇（首）。现居北京。

目　录

辑二　枕云记

（2015—2016）

辑四　偶然的入侵

（2008—2010）

辑五　从未名湖到前拐棒胡同

（2001—2007）

辑一　雪的密函

（2017—2018）

智化寺①

藏在禄米仓胡同深处，智化寺
真有点儿大隐隐于市的意思。隐藏得太深，
你是第二次来访，还费了不少周折。
路边细柳和银杏新生的绿叶，在九点阳光下
透亮得既宽容，又大度，毫不介意胡同里
熙熙攘攘，烟火气重，也不介意电线杆上
纠缠了好几道的线缆热心得有点儿过头，
那密密麻麻蜿蜒在墙头灰砖间的线路，好像
真的在帮忙传递春风又绿江南岸的好消息。

也真是，沾了佛门净地的边儿，寺门被称作
山门，给人一个错觉是胡同里藏着深山。
再一瞧门旁一左一右两只石狮子那嬉戏的神态，
也没尽到守卫的职责。不必计较了，君子
成人之美，佛家以慈悲为怀，春光这么好，
就让人和兽多舒展一下本性：比如你嘴馋水果，
多吃半斤樱桃也不为过，狮子嘴馋你咬过的鸭梨，
佛祖也不怪罪。顺水推舟的，你更愿意相信，
春光大好之时，佛祖也会陶醉。

① 智化寺位于北京东城区禄米仓胡同，始建于明英宗正统九年
(1444)，原为宦官王振的家庙，英宗赐名"报恩智化禅寺"。

入得寺门，更让你陶醉的，智化门两边
各有一株丁香树，一株紫，一株白，丁香花
开得正盛，花团锦簇得近于花天酒地，
不由让你惊叹花的本性舒展开来，就奔放得
不管不顾。更别提坐在丁香树下的长椅上，
香气逼得你不好意思，只好闭上眼贪婪一吸。
阿弥陀佛，愿佛祖宽恕你的贪念。也甭提那些
古诗话和新诗话中流传已久的丁香空结雨中愁了，
此刻，有什么可怨的，你宁肯花下永眠的心都有了。

由此，可以理解跟着一队天南海北的游客看藏经橱，
看如来殿和万佛阁，甚至在智化殿听现场演奏的
闻名遐迩的智化寺京乐，你都有点儿漫不经心。
由此可以理解，看到大智殿前有一棵海棠树，
你都迈不动步了。你离开跟随口齿伶俐的女讲解员
求知若渴的大部队，独自坐在海棠树下，仰头看
随风摇摆的绿叶间的海棠花，海棠花间的绿叶。
更高处，天地有大美而不言，四月的蓝天
更蓝得不用一丝白云衬托。

在智化寺，一言以蔽之，你本性多乎哉不多也的智
算是化没了，你只是痴心于到哪儿学一学
分身术，能同时在盛开的丁香树和海棠树下
念叨："诗经是灰色的，而诗艺之树长青。"

2018 年 4 月 11 日，赠臧棣。

新年解

新年好,一照面,你愿对熟识或陌生的人
招呼一声"新年好"。辞旧迎新,仿佛这一天,
你遇见的一切都是新的,连自我也会蜕旧壳,变新我。

因为新,给你好心情。欣喜,多半来自新,而新,
新于鲜,鲜如人生初见,自有一份坦荡外露的天真。
你会发现,新年的阳光分外暖,挂在新年树梢和屋顶的月亮

分外明:从昼到夜,你隐隐兴奋于好像品尝到日常事物的新
　　滋味。
新,也新于好奇,如初生的牛犊、羊羔、豹崽,摇摇晃晃
站起身形,两眼懵懂,看眼前未知世界新奇的风吹草动。

理所应当的,臧棣说,新诗就是新于诗。对你来说,
新年,天经地义的,在每个人心底都是一首新诗,新奇于
读你喜爱的诗千百遍,每回都觉得常读常新鲜。

2018 年 1 月 2 日

无孔不入的执念

晴朗的早上，过马路你更喜欢
走人行天桥。你想得天真，站在桥上
仿佛能看到更高更远更多的天空，仿佛能看清

在红色楼顶盘旋的灰白鸽群到底打了多少个来回，
仿佛能看见三三两两从树梢掠过的喜鹊分别
是从高高的树杈间哪个鸟巢起飞的。

当然，你更关心更高更开阔处，两架小鸟似的飞机
拖曳的两道直线似的尾迹云多久会消失，是否来得及
让你在背景湛蓝的信笺上写两行欣喜的新诗。

2018 年 1 月 20 日

看澳网女单决赛记

礼拜六下午，回到通州更舒适的家。
泡一碗今麦郎酸辣牛肉刀削面，
配一大瓶可乐控少不了的冰镇可口可乐，
沏一壶恩施富硒绿茶，伴一袋唐山蜂蜜软麻花。

要看澳网女单决赛现场直播，以上准备工作，
按华罗庚先烧开水后洗茶具的统筹方法，有条不紊进行。
成果已摆在客厅沙发前的茶几上，供边看球边享用。
而让你内心纠结的，让一个资深体育迷拿不定主意的，

让以科学自居的科学理论失效的，是你不知该支持哪一方：
丹麦甜心沃兹尼亚奇，还是罗马尼亚俏佳丽哈勒普？
她俩像跳芭蕾的草原英雄小姐妹，她俩像唱青衣的张火丁李
　　胜素，
她俩像基耶斯洛夫斯基的薇若妮卡两生花。

沃兹尼亚奇一身飘逸蓝短裙，让你入迷的沉静的海水；
哈勒普一袭低胸红球衣，让你心跳的热情的火焰。
球网两边，一半海水一半火焰，你如何取舍？难于
要你像摩西一样，完成从红海中划开一条通道的伟业。

她俩都有一双淡绿色的眼睛，哈勒普猫眼似的绿
更深一些，沃兹的腿更长一些，各有千秋，都不足以

让你做出决断。论球艺，防守与进攻，难分伯仲，无论
谁打出一个让人血脉贲张的制胜球，你都会击掌叫好。

论体力，南半球的闷热，让斗士般的哈勒普第二盘
就险些中暑抽筋，公主般的沃兹第三盘左膝缠上了白绷带。
两人都申请了一次医疗暂停。太揪心了，最终，你心里的天平
失衡，你选择倒向沃兹，只因她扎了一条金黄的又粗又长的
　辫子，

只因她的同胞安徒生写过一个美人鱼的童话。
对不起，哈勒普，我想得到，若失利你会流下
痛苦的泪水，如同沃兹获胜也会热泪盈眶。
毕竟，一个现世界排名第一，一个曾世界第一，你俩

都两次打进大满贯决赛，但都没能拿下人生最重要的胜利，
谁赢了澳网，谁就会在个人史册中写下最美丽最动人的一笔。
结果大家都知道了，决胜盘第十局，沃兹被动防守中
一个神迹一样的近网对角线回球拿到赛末点，随着哈勒普

一个攻球下网，球场上空，海鸥一片惊叫，沃兹扔掉球拍躺
　倒在地，
双手掩面而泣。丹麦成就了公主童话，罗马尼亚将度过一个
　伤心夜。
而你更明白，这场决赛没有谁被自己打败，如同你歌咏言般写下
每一个诗句，即使有遗憾，若是愉悦的，就是完美的。

　　　　2018 年 1 月 27 日，澳网女单决赛日。赠焦海民。

月食与佛手橘①

站在过街人行天桥上，看见圆月左下角
开始有阴影，找个贴近老外交部灰色楼顶的
角度（突出圆弧和直线），用手机拍了一张月食照。

逗留片刻，离开超级月亮正被蚕食之痛，去东四地铁附近
买麦多馅饼当晚餐，圆圆的两个，扎紧纸袋口，塞进挎包，
你也不会心急如天狗吞月亮，带香气的一对圆还会完美一
　刻钟。

回家路上，隔着冬夜的树枝（突出杂乱与单一），又拍了
　一张。
此时圆月一角像被做几何题的中学生用直尺压住，斜斜地裁
　掉了。
月有阴晴圆缺，只是缺得突然，陌生化太强烈，天空成了

一个变戏法的大幕布。回到家里，打开戏曲频道（近半年来
你忽然喜欢听京剧了，什么心态），是从未听闻的《佛手
　橘》。
哦，只这三个字，够新鲜了，新鲜如不速之客来访。

---

① 据称，这次月食是 152 年来首次血月+蓝月亮+超级月亮组合亮相。

用微波炉加热了一个馅饼，用圆盘盛了，坐在沙发上，

咬第一口时，略带歉意（窗外月亮也许已被咬掉大半了），

仿佛破坏圆的完美给你带来些许的心理压力。咬第二口，吞

第三口，好胃口好得自信心爆棚，你心安理得的，咬一口饼

喝一口橙汁的，想把"佛手橘"（慈悲心与多汁水果的因果

缘）

看个究竟，把什么恐怖的血月、蓝非蓝的蓝月亮、宇宙中

谁是过客等等，都扔到好奇心与迷信的爪哇国去了。

　　　　　　　　　2018 年 1 月 31 日，看月全食记。

纽约地铁诗学笔记

从时代广场下到（台阶，陡，窄，

与万里之外的北京比；通道，昏暗，

没有扶手梯）纽约地铁站，

一霎时，你明白庞德所言

黑树枝①（虽那是在巴黎）非虚。

黑，甚至更黑于裸露的钢铁

是经百年炼成的。

有黑的衬托，唇红齿白，

人面更自信相映于花瓣。

地铁车厢，很明显也陈旧于

曾经沧海难为水。

哀，时光会腐蚀光鲜，

新，会斑驳成旧。你叹息未落，

哦，"诗是难的"②，车窗旁

海报似的贴着一首诗，从诗行错落

（有一行只有一个词）看，

很现代，倒让你觉得

诗很容易：如果诗言愁，

---

① 黑树枝，即庞德诗中 black bough。原诗只有两句：The apparition of these faces in the crowd；/ Petals on a wet, black bough.

② 诗是难的，贴在纽约地铁车厢里的一首诗的诗题（poetry is hard）。

到黄昏点点滴滴，秀
伤疤与伤痛，会让
人不知而不愠的绅士
怪难为情的。如果诗
不能直觉于愉悦，
不能身体思考①到舒坦，
那确实是难的。

2018 年 2 月 16 日

① 身体思考，有人戏言男人是用身体思考的生物。

老人与海与盐

已近知天命，重读《老人与海》，
和二十啷当岁初读比，一条大河波浪宽，
河东与河西，风光自不同。

你已不很在意"人生来不是给打败的"，
看老人与鲨鱼搏斗，你也插不上手。

你注意到有好几次老人吃生鱼肉补充体力，
总念叨"要是有盐和酸橙就好了"。

天可怜见，再剽悍的人生，也需要
世上的盐相伴。量力而行，你想

你能帮他的，就是空降兵似的，跳进书中
墨西哥湾的小船里，送他一袋有滋有味
原来出自一片天真的盐。

2018 年 3 月 12 日

雨天的照片

下雨天，从车厢里看玻璃窗外，
你会感觉外面的世界被雨包围时，雨刷器
并不能刷新一个新世界，不能如你所愿，
反而因失落加剧了雨天模糊的视线：
你不得不把探寻的努力转回自我的小世界。

小世界没有雨刷器，不用刷新时间，
狭窄的空间比若有若无的香水味更坚决似的，
把你推到遥远的过去，就像你忽然
在朋友圈看到二十多年前你和友人的照片：
恍惚间，仿佛自己不是从那里走出来的。

你更真实的感受是，你还站在老旧屋檐下
那水泥台阶上，你的头发还是那么长，
你还是那么瘦，你从镜头往外看的目光
好像在好奇二十多年后
你会变成什么样子。

现在，下雨天，这个封闭在被细雨包围的
车厢里的形象：小平头，老花眼轻度，稍发福
肚皮，腿脚尚好；体育迷，电影迷，啤酒和

诗歌爱好者——看着照片中那个年轻人："对不住了,兄弟,理想和现实的距离,并不小于时光的鸿沟。"

2018 年 4 月 21 日,赠姚鸿文。

把校徽的眉毛扬上来
——北大双甲子校庆有感

据说，鲁迅当年设计北大校徽时，
还住在绍兴会馆，正困窘郁闷，
境由心生，图案就成了
一副愁眉又苦脸①。

都双甲子了，按说胡子都白两大把了，
什么事没经过？依成人的君子之美，
把校徽的眉毛扬上来，眼角不要朝下拉了，
嘴角不要向下撇了：你看，加缪的西西弗②

一遍一遍又一遍推着荒诞的石头上山，
都喜上眉梢了。你看，人都呵呵笑了，
上帝不假思索，也跟着笑呵呵了。

2018 年 5 月 7 日，赠邓菡彬。

————————

① 鲁迅 1917 年设计的北大校徽，被北大校友刘半农称作"哭脸校徽"。
② 西西弗，希腊神话中人物。诸神罚他推巨石上山，快到山顶时，巨石因自身重量又滚落下来，西西弗就一次又一次重新推动巨石。诸神认为没有比此无效又绝望的劳动更好的惩罚了，而加缪认为西西弗超越了自己的命运，他开始微笑着推石上山，他比他推的石头更坚强，因此他是幸福的。加缪认为，人一定要想象西西弗的幸福，因为"向着高处挣扎本身足以填满一个人的心灵"。

傍晚看西窗云彩记

雨后天晴，推窗看西天云彩时
免不了要深呼吸几次，仿佛让清新
过滤一下心肺，你就能面目一新，好
与这样久违的好天气相配。

好天气带来好心情，好心情让好天气
美妙于自然本就擅长刷新你的审美。
如此眺望云的波浪一排一排缓缓涌过来
淹没你的头顶，不免让人觉得站在窗前也有

飘浮之感，仿佛不费劲就挣脱了重力之重，变轻了，
在夕照红光里很容易就把持不住自己了，很快
就要从窗口飘出去了。且慢，且慢，一瓶冰镇啤酒，
三两五香花生米，就能拖住你灵魂将出窍的肉身。

2018 年 6 月 13 日

有朋自远方来

近来养成一个偷得半日闲①的习惯，
上午或下午看稿间歇，会下楼
到前院东北角自行车车棚旁一簇青翠的竹子

（其实我更愿意夸张点儿，称之为竹林）前，
看看茂密的碧枝绿叶，缓解一下视觉疲劳。
我发现，这片竹林蛮懂风情的，每回我

走到林子跟前，修长的竹子都竞相随风摇曳，
那摇头晃脑的喜悦劲儿，就像跟着孔子吟诵
"有朋自远方来，不亦乐乎"。

2018 年 7 月 16 日

---

① 偷得半日闲，唐李涉《题鹤林寺壁》："终日昏昏醉梦间，忽闻春尽
强登山。因过竹院逢僧话，偷得浮生半日闲。"

前生和来世

刚才，在楼下那片竹林旁，
看见几只燕子在低空穿梭。

天气预报说，今明阴，有小雨。
我更愿意相信佛陀如是说：

你的前生和来世，曾（会）是
一只在竹林和柳梢头盘旋的燕子。

2018 年 7 月 27 日

竹 下

我在竹下小憩，看着阳光透过
绿叶：风动，光影摇曳，不由心动。

一个陌生的大胖子走过来。他在竹下
站定，一边打电话，一边抽烟卷。

我侧目打量，胖子胖得眼睛只剩下
一条缝，胖子的气场却大得像

排气扇：一霎时，我都站立不稳了，
觉得竹子更细得伶仃了，
只好悻悻然走开了。

2018 年 7 月 29 日

礼拜五下午的云朵

在窗前看天空东南角一团团白云，
从远处的屋顶和柳梢后面缓缓升腾。

这礼拜五下午四点一刻的云朵，让你觉得
这一周过得，嗨，得过且过，无趣得

撞了五天钟的和尚似的，配不上眼前这仿佛
是从唐朝边塞诗里飘出来的白云朵朵似的。

2018 年 8 月 10 日

教你如何不空虚

早上起来，看窗外流云层层叠叠，
教人心头好不欣喜。骑车上班路上，
不时兴奋地仰头看蓝天白云，还
自作多情的，替辽阔的天空算一算，
蓝与白各占多少比例，就能达到
感官上黄金分割的完美。

可上午工作间歇，下楼小憩时，发现
天空只剩下蓝，食尽鸟投林只落下
大地茫茫一片真干净①的白似的蓝。
那些惹人遐想牵人情丝的云，
跑到哪个爪哇国去了？

阿门，那些被云占领了天空，在大地上
又被主的牧羊鞭驱赶的人，有福了，
有福了。他们低头不见抬头见的，就能
望见在天空纵横驰骋的云，就不会
如你此刻这般空虚了，不会如你此刻
空对着天空空空如也的蓝发呆了。

---

① 真干净，《红楼梦曲·收尾·食尽鸟投林》有句云："好一似食尽鸟
投林，落了片白茫茫大地真干净。"

嗨，还是把这事后烟①般缭绕的空虚，
写到自得其乐的八月的新诗里得了。

2018 年 8 月 29 日

---

① 事后烟，D. H. 劳伦斯说，交配之后，动物也会忧伤。

生平第一快诗①

昨夜梦里，你念念有词地，即兴写一首诗，又仿佛
给诗配乐似的，做了一个梦中梦：一场篮球赛，
你高高跃起，从乱军丛中抓到后场篮板，带球发动
快攻，遇到围追堵截，即闪转腾挪，行云流水之步伐

如即从巴峡穿巫峡，对手想违体犯规都碰不到
你半点寒毛，转眼间你已一条龙冲到篮下，单脚
起跳，飞到半空战斧劈扣，落地后秀肌肉怒吼。
嗯，在梦的诗学里，快诗如快攻，妙手得之，一气

呵成，你醒来还在回味：唇齿间词语荡秋千似的起伏
跌宕，旷野间诗句行进的节奏如马蹄疾走，马背上
你诗兴风发，哦，身体传递的快意，快过
千里江陵一日还之李青莲。

2018 年 9 月 10 日

---

① 杜甫《闻官军收河南河北》有"即从巴峡穿巫峡，便下襄阳向洛阳"
句，清浦起龙称之为老杜"生平第一快诗"。

奔向哈德逊河畔，或蝴蝶效应①

在纽约的黄昏，你安顿好住处，
就出了旅馆，沿地图标志，
直奔哈德逊河畔。

奔，奔向河畔时，你心情欢快得好像
头顶真有一只舞翩跹的蝴蝶似的。

好像，确实，真的再也找不到比这个更恰当
更贴切的比喻来形容一个新诗爱好者和写作者
此刻欢快无以复加的心情了。

2018 年 9 月 19 日

---

① 1916 年 8 月 23 日，胡适在哈德逊河（旧译赫贞江）边触景生情，写
下《尝试集》的第一首《蝴蝶》，其中写到"两个黄蝴蝶，双双飞上天"，由
此掀开百年新诗的第一页。

十一月的见面礼

十一月刚过了一天，你就忍不住
要盘点一下十一月给你的见面礼。
多年前你着迷卞之琳之"友人带来了
雪意和五点钟"①，而今天真的是
友人带来了十一月新鲜出炉的新诗和
喜悦的十一点钟。嗯，读诗的时候，
你感觉你就是那只在诗句里翻拣

细枝的喜鹊，你都忍不住要像
迷信的报喜的鸟儿在高高的枝头
尽职尽善尽美地叫喳喳了。更贪心的，
你还不满足于这个其实已充分表达了
你此刻心情的贴切比喻，你起身
走出灰色办公室，走出灰色真理部②大楼，
你真的要在灰墙外阳光照耀的林荫道上

作一次五分钟秋天的漫游，你要让
诗行里金黄的和霜红的树叶真的

---

① 友人带来了雪意和五点钟，出自卞之琳诗《距离的组织》。
② 真理部，出自奥威尔小说《1984》。

在你眼前作一次"漂亮的飘落"①，而你
一伸手，就能握住这十一月给你的见面礼，
更让你相信艺术再高于生活，也高不过
你的肩头和掌心，更让你相信一首诗真的
会呼朋引伴地带来另一首诗。

2018 年 11 月 1 日

---

① 漂亮的飘落，出自臧棣诗《仅次于漫游的秋游入门》。

十一月十四日的霾①

早上骑车在十一月的霾中穿行，
到办公室，用烫热毛巾擦去脸上的
灰尘，用抹布擦去桌上的灰尘，
用湿纸擦去显示屏上的灰尘，再扭头

看东窗，嗯，你甚至还可用长拖把
把杜尚②大玻璃上复制的灰尘拖掉几毫分。
可十一月重重的霾，占据着
外面灰色的世界，像一堵

令人厌倦的时间的迷墙。哀，你拿它
毫无办法，会穿越术的崂山老道士
穿不过它，能攀珠穆朗玛峰的登山家
攀不上它，能挡匈奴的万里长城

挡不住它。哼，气得气性不大的你，
都坐不住可气的椅子了，就是一股脑儿
一把把它塞进气性十足的打气筒里，

---

① 自昨日起，北京地区受雾和霾袭扰，此刻（上午十时）空气污染指数（287）已达重度污染，让人无比堵心。
② 杜尚，法国画家，自 1915 年到 1923 年，花了八年时间画《大玻璃》。

都打不死它气不死它。

更可气的，在以巫术和蛊术武装到
每排牙齿的键盘上，你咬牙切齿地把
黑色咒语敲进黑色电锯般的诗行里，
也敲不碎它锯不开它。

2018 年 11 月 14 日

把"嘴角露出微笑"写下来①

有三周没回郊区的住所，一踏进
二号线地铁，似乎平添了几分新鲜感，
新鲜得伸入地下的手扶电梯旁的巨幅广告牌上
万里长城变成了天山牧场，新鲜得看

车厢里庞德家湿树枝上花瓣似的女子仿佛
都长了一个俊秀的鼻子（只是目光躲躲闪闪的，
从心灵的窗户看不出盼兮之美），新鲜得
本应轻车熟路的你，换乘八通线时

都有点儿找不到北。按灵感的惯例，有点儿
私心的，你一厢情愿的，想把这新鲜感兑换成
一首新鲜的新诗，就像把一大把新鲜的大豆
塞进冬日清晨的榨汁机，榨一大杯新鲜的热豆浆。

真是冬天了，看车窗外闪过黄昏的树林，
光裸的墨染似的枝枝丫丫，表情冷硬地分割着
似乎没有丝毫秘密的天空。你闭上眼睛想，
季节轮回，万物各遵其命——从宇宙大处

---

① 古希伯来谚语称，人一思考，上帝就发笑。

着眼，太阳底下无新事，从每个驶向礼拜六
生活海洋的乘客的角度看，每一次跟随脉搏
跳动的喜怒哀乐却是不可复制的，就像
盖了一次性邮局的邮戳，珍贵得一经

寄出，永不可撤回；就像你出手投一次篮，
篮球划过兴奋的指尖，画出一道美妙的弧线
穿过篮圈溅起的愉悦的浪花，幸福得
一经泛起，永不可回收。此时，艺术作为

可咀嚼的生活的替代品出现了——
你把眼一睁，可以把"嘴角露出微笑"
作为此时此刻心情的替代品写下来了。

是的，可敬的读者，不只是上帝的嘴角
才会露出微笑，你会心一笑时，释迦牟尼①
也会变成艺术的替代品。

2018 年 12 月 15 日，赠冯积岐。

---

① 禅宗有一段著名故事，即佛陀（释迦牟尼）拈花，迦叶微笑。

平安夜

此刻，从六楼阳台窗口望下去，
东三条胡同深处一家庭院门口挂着两只红灯笼。

大红灯笼又红又暖的，连灯笼下那两只
蹲在冷风中的石狮子都不觉得冷了。

给人一个感觉，当年耶稣诞生在马槽，
马厩门口一定也挂了两只红灯笼。

路漫漫的旅行者啊，愿你从每条胡同每条道路
每个寒夜穿过时，都能看见平安夜的红灯笼。

2018 年 12 月 24 日

现磨豆浆新应用

岁末，你还是喜欢喝一杯
现磨豆浆，暂不论江春
入不入旧年①，不论你对新年

抱有多少希望和憧憬，当你
把一大杯新鲜的豆浆举到嘴边，
扑面的热和香气，让你觉得

口腹之欲也会升华到语言无法
形容。接着，你发现，现磨真是
一门裁剪奇迹的技艺，不仅豆浆可以

现磨，咖啡可以现磨，昨日黄昏和
今日清晨，你站在七楼露台上，眺望
天边一缕缕流云，层层叠叠显示

自然的美和天真，那让人耳目一新的
新鲜劲儿，让你感觉那一道道云彩
是天空现磨出来的，幸福大街②的时光

① 旧年，唐王湾《次北固山下》云"海日生残夜，江春入旧年"。
② 幸福大街，北京崇文门外的一条斜街，旧称火神庙斜街。

是幸福的小鞋子现磨出来的。顺理成章的，
不用说，太阳底下每一首新诗肯定都是缪斯
现磨出来的，甜蜜于即兴过滤了

陈年诉的黄连苦和赋新词的丁香愁，
你若正好偷得雪夜访戴半日闲，
也来尝尝鲜是什么滋味吧。

2018 年 12 月 31 日

大雁塔风铃记

信不信佛和拜不拜财神，在大慈恩寺的
红墙灰瓦内都很快得以印证：
虔敬的跪拜，念念有词或秘而不宣，
谨慎的旁观和到此一游的猎奇，
混沌于年轻导游现场发挥的人生得舍论，以及
中老年游客即插即用之两害相权取其轻的宗教学。
毋庸置疑，曲江池畔，虽有新建的音乐喷泉

虚张声势，间歇性喷出歇斯底里的现代感，
松柏间的李白、杜甫塑像，与散落草丛中的
"人面桃花相映红"的数十处诗碑，
还是昭示了此地古风的悠远流长。
坐在大雁塔西侧二十步远的牡丹亭，仰望
庞大七层塔身，大肚将军似的，傲慢于
耸立在薄雾缭绕的天寒地冻间。

更引人瞩目的，是每层檐角挂的铁铃铛，
不屑作佛塔的附属品，倒像青出于蓝而胜于蓝，
更自我于小清新和小独立的小格调。
风不动，铃亦不动，给人感觉是：当年
大雁列队飞临，风动铃响，那景象玄奥于

令人遐想唯识宗传承千年真是依赖于
佛门净地的好风水。

风铃，风铃，塔不在高，有风则灵，
塔虽不言，铃为其声。好有一比：
塔若为马，风铃则为骑手，
诗人为马，灵感则为骑手。
诗歌的风铃，你猜对了，仰望大雁塔，
最奇妙的感觉就是，在此地高处，
一定有诗歌的风铃在响。

2017 年 1 月 25 日，西安东木头市。

站在玻璃窗前看雾霾

站在玻璃窗前看雾霾，
左看不见国贸，
右看不见景山。
霓虹灯下，灰脸雾霾红色的舌头
舔着玻璃，怪兽似的嘴脸
让人畏惧又恶心。
你又没有孔明的羽毛扇，
能借来东风抽雾霾一个大嘴巴，
让它滚得远远的。
躲在双层玻璃背后，只是让你
稍稍心安理得于自欺欺人，
就像跳进温水中的青蛙，
还以为大冬天洗了个热水澡。
围城悖谬的逻辑也失了灵，
城内城外，都被雾霾封锁了
华容道。
当然，你也可阿 Q 于
"我手执钢鞭将你打"，
穿上白盔白甲
去突围。
可惜暴力革命只是黄粱梦一场，

更别提白袍白马一跳进雾霾，
灰色吞没白，就像
鲸鱼吞没一滴水，
大海吞没一条船——
新年旧账难了断，
更多多情人殁于心碎。

2017 年 1 月 3 日

有限的肉身

夜里两点，你感觉不到深夜之深。
如果深只是身体周围两三平方米的
寂静，你更深刻的感受是：有限。

坐在餐桌前读曾读过的书，你发现
精神食粮的比喻有限，咀嚼再三，
语句淡而无味于过了保鲜期。

喝口茶，把电脑音乐盒里钢琴曲音量
调低，陶醉感有限，自我很快就分神于
本我调皮的记忆总是没来由地跳来跳去。

就连眼前现实，也有限于东城老胡同
旧灰楼一隅租来的客房火独明，
无从看见王城深如海是什么模样。

合书起身，站在窗口，望不穿夜雾沉沉，
远近灯光亮度有限，不眠人压抑于
北京城只是雾霾的饺子馅儿。

偶尔想想，看不到的彼岸有限，希望

也有限。你双脚踏此岸，自觉肉身能量
有限，即使插上想象的翅膀，能飞多高多远？

虚夸的修辞容易，虚妄的超我主义
更擅蛊惑人心。老实说，抽空念一念
有限的紧箍咒，对急于揭开蒸锅的厨师，

对急于解开命运谜底的巫师，尤其
对急于求新的新诗，都是韩信
点兵，多多益善。

                                    2017 年 2 月 13 日

雪的密函

——和《如此细雪入门》

这场雪真称得上惊喜，大中午的，
来得突然，快，像雪的轻骑兵，
在你的视线中悄然出现时，前几秒
简直不敢相信自己的眼睛，先要

眨两次眼，掐一下自己的腿和脸，
才敢确认"真的下雪了"，马上跳起来
奔走相告，欢天喜地的，就像
沦陷区盼来了解放军，杨宗保

盼来了穆桂英。雪花漫天飞舞，天真
得以解放，你能看见每个看见雪的人
脸上都孩子似的莫名兴奋，连爱情也乐于
在雪地上打几个滚，平添七分思无邪。

你说对了，这场比垂直的礼物①还神秘的雪，
像寄给每个失意人的春天的密函，告知
在冬天遗失的，此时此刻都得以偿还。

2017 年 2 月 21 日，赠臧棣。

---

① "垂直的礼物"一语，出自臧棣诗《如此细雪入门》。

内向的雪人笔记

从堆雪人的经历，你可以体会到
塑造自我并不很难，至少不用
乌蒙磅礴走泥丸。一场突如其来的
大雪，惊喜之余，玩兴大起，人从黄鹂
学会了歌唱，比照普天下每个人从小都会
玩泥巴的天性，此刻都是堆雪人的
最理想的行为艺术家：
一个孩子堆的雪人，多半是淘气的，
一个妈妈堆的雪人，多半像自家孩子一样可爱，
一个父亲堆的雪人，多半是一个会吸烟能喝酒的雪人。

要我堆雪人，我也许会堆一个卡夫卡似的雪人，
一个弗罗斯特似的雪人，一个鲁滨孙似的雪人，
一个程咬金似的雪人，一个王小波似的雪人，
一个会打乒乓球，会打篮球的雪人，同时也是
一个喜欢写诗读诗，挺着希腊鼻子的雪人，
一个大肚皮圆鼓鼓，双眼像黑葡萄的雪人，
一个能在雪地里轻灵地跳来跳去的雪人。

当然，最令人感动的雪人，是童话里
那个冲进失火的屋子救孩子的雪人，

一个渐渐失去了胳膊、腿、头颅，渐渐融化于
无形之水却重塑了侠义灵魂的雪人。
这个雪人美妙于每次读这个故事，都像
你亲自动手堆一个勇于自我牺牲的雪人，
一个信奉超验主义，能和森林蘑菇精聊天的雪人，
一个情愿相信生命从大地到天空轮回不休的雪人，
一个表面冷若冰霜，心底热情似火的内向的雪人。

                                    2017 年 2 月 23 日

天鹅的起飞练习簿

在国家地理纪录频道，看到湖面上小天鹅
练习起飞。镜头拉近，让人惊讶
那肥硕的身躯，蒲扇似的翅膀，
笨拙的脚丫，一点儿都沾不上

优雅的边。还要数百次练习，还要至少
一百二十米长的湖面作起飞跑道，
不由让人担心它会掉队，担心
天空"人"字形诗行里没有它的位置。

在刚过惊蛰的春天夜晚的沙发上，
你担心得脖子伸长，屁股抬起，
仿佛你伸长脖子，天鹅的脖子也会
伸长一截；你抬起屁股，天鹅的屁股

就能抬升一寸。一百多米的水路，
就像万里长征的第一步，你双拳紧握，
调整方向和角度，加快翅膀扇动的频率，
好剥离与水面的藕断丝连。加油，一首诗

到了最后一行，天鹅就会脱掉丑小鸭的紧身衣和

绰号，心花怒放于做一只会飞的鸟，破天荒头一次
从天空俯视大地，这感觉多么神奇，多么美妙——
对，神的奇迹或诗的神迹，你不断练习美妙，就会见到。

2017 年 3 月 7 日，赠蔡劲松。

春天的蓝练习簿

春天的蓝，总爱调皮的，挟着
清亮的阳光，偷偷地打你
一喜悦的棍子。你从六层灰楼
下来时没料到这一招，猝不及防地，
刚拐过阴影的拐角，喜悦的棍子
迎面袭来，你眯着眼，毫不躲闪，
心甘情愿地，受虐狂似的，有点像

黄盖挨周瑜的棍子。啊，女王一般的
春色令人陶醉，尤其是蓝，挂在
黑色树梢的蓝，映着屋顶灰瓦的蓝，
飘着白云裙带的蓝，都商量好似的，
三英战吕布似的，走马灯似的，
围着从上午十点的办公室里溜出来的你，
噼噼啪啪的，打你一百通喜悦的棍子。

打得你心底平静的湖里泛起万千层
喜悦的涟漪，打得你心头苏醒的虫子
蠢蠢欲动，痒痒的，打得你一脸绯红，
仿佛迟钝的北方十天半月后的山寺桃花开。
春天的麻雀也不例外，不过，它

不像你对着春天的蓝腆着轻浮的肚皮，
它挨了喜悦一棍子，就矜持地一惊一飞，还

啾啾啾啾的，唱着"别这样逗人家"的谣曲，
藏到院子东北角一簇枝叶茂密的竹子里。
最后的画面就是这样：亲爱的，当你读到这里时，
一个独乐乐的人和一只独乐乐的鸟正隔竹相望，
同是天涯沦落客，他俩的头顶，春天的蓝
不由分说，比红杏枝头春意闹更凶的，
挥舞着十点一刻升级换代的喜悦的大棒子。

2017 年 3 月 10 日，赠何世华。

非洲跳羚的跳跃之谜练习簿①

非洲跳羚毛色光滑，漂亮如世间尤物，
让人不禁想伸出不胜怜惜手抚摸，
但跳羚清高如爱莲说②，可远观而不可
把玩。它总爱时不时地腾空跳跃，高，远，滞空
时间长，以近于花样滑冰女运动家的优美身姿

出现在客厅电视的慢镜头里，美妙如你三番五次梦见
打篮球时你一跃而起单手大风车灌篮惊讶得连自己
也不敢相信转而用各种方式认证并庆幸这不是梦
而醒来后方知那还是梦中梦的回放。
因此，此刻你只能隔着三十二吋荧屏艳羡

非洲草原上跳羚一边悠然见南山地散步，
一边毫无征兆地一跃而起。据说，科学家
也弄不懂跳羚为什么要跳，也许
合理的猜测只是，它高兴了就跳。真巧，
万物皆有灵，你觉得跳羚的跳跃之谜

正好与诗的神秘降临相似，可用一己凌波微步之体验

---

① 非洲跳羚天生善跑跳，据称最高可跳 3.5 米，最远可跳 10 米。
② 爱莲说，宋周敦颐《爱莲说》云"予独爱莲之出淤泥而不染"。

印证：你高兴了就写诗，你写诗首先是为了自己
高兴。因此，以己度人，你有充分的理由相信，
跳羚在跳跃的时候是幸福的。更浪漫一点儿说，它
是最擅摆脱苦恼的地球引力，最像西西弗的诗歌运动家。

2017 年 3 月 14 日

从一个梦论新诗的节拍器，兼谈我的师承①

从梦里醒来，听见心怦怦跳的一两秒之间，

从梦里不知身是客，荒诞不经被追杀，

疲于亡命天涯路，滑稽的杞人隐忧，跳到

卧室的黎明，寂静及窗帘外一两声

啄木鸟敲打现实的笃笃响。

在混沌的边后卫与清醒的小前锋

缠斗的一两秒钟，你仿佛同时

在过两种人生，就像会分身术似的，

从古诗跳到新诗。让你迷惑的是，

古诗以其古，以其抑扬顿挫广为传颂，

而新诗因其新，因其意蕴些许的晦涩饱受诟病。

幸好，你还带着你喜爱的新诗的节拍器，

就像赤脚医生带着自信的听诊器。

听一听，新诗从胡适之奏出"两个黄蝴蝶，

双双飞上天"的第一拍，到闻一多看

"铁罐上绣出几瓣桃花"，从卞之琳称

"我又不会向灯下验一把土"，到

_____

① 所引诗句，分别出自胡适《蝴蝶》（1916）、闻一多《死水》（1925）、卞之琳《距离的组织》（1935）、戴望舒《萧红墓畔口占》（1944）、海子《面朝大海，春暖花开》（1989）和臧棣《菠菜》（1997）。

戴望舒"走六小时寂寞的长途，
到你头边放一束红山茶"，从海子
"给每一条河每一座山取一个温暖的名字"，
到臧棣说"我冲洗菠菜时感到
它们碧绿的质量摸上去
就像是我和植物的孩子"，
无论稚气天真，青春成熟，
一样音步平稳，节奏分明，
一样诗意蓬勃，富有活力。

其实，比之古诗格律紧凑的呼吸，
新诗的节拍更正常于接近日常，
更清新于舒缓有致，有点儿像小孩子
学说话，咿咿呀呀，无心于想象
却偶然天成，妙语惊人。说真的，新诗
新就新在你读诗或写诗时，总有一个
小人儿啄木鸟似的，早起的鸟儿
有虫吃似的，在你耳边小巴赫似的，
敲打着新诗愈打愈清脆，愈打
愈闪亮的节拍。

2017 年 3 月 18 日

喜鹊与细柳

东四三条胡同深处，好像
也是你喜闻乐见的曲径通幽处，
你和道旁一棵高大的柳树
一同在五点夕阳斜晖绕指柔的
轻抚中舒展开眉目。
更开心的，你仰头看柳树的新绿
微微摆动小腰肢，墨染的枝干
衬得初生的绿越发新鲜得
让人惊讶绿的妩媚原来
出自一片可爱的天真。
真的，此刻的柳绿让你欢喜得
你愿是那只在初绿的枝条间
蹦蹦跳跳的麻雀。
它叽叽喳喳地叫，叫得
语无伦次，叫得仿佛
没见过什么世面似的。
很明显，它被夕阳红中透明的绿
惊着了，它欢喜得仿佛
它的前生是一只个头更大的
会翘花尾巴报喜的喜鹊。
亲爱的，比转世更妙的，这只喜鹊不单单

给你捎来春天的肌肤更丰腴更圆润的消息，
它还会讲恋爱的辩证法——你若是新柳，
我愿是一只在柳枝间唱歌的林中鸟；
你若是大欢喜的雀阵中的一个小兵，我就是
把你抱在怀里的新发芽的细柳的军营；
你若是新鲜的美，我就是衬托你的
三月的真；最恰当的比方，
你若在山清水秀的古诗和新于
新绿的新诗中任性挑一个，
我就是心甘情愿的另一个。

2017 年 3 月 27 日

早点铺布道记

七点钟，前拐棒胡同口，早点铺。

顾客三三两两，掀开门帘，你和四月温煦的阳光

一同跨进去，靠窗坐下。忽然听到仿佛广播电台里

有人在讲《圣经》："贫穷的人，有福了……"

循声一找，邻座两个穿橘黄环卫服的大嫂面对面，

一边吃早点，一边闲聊，就在她俩脚下，

一个印有"价廉物美"字样的超市便携式塑料袋中，

一个推销员嗓音的男人正传道解惑，声情并茂：

"保罗说……有人说你好时，就有祸了。"

哦，这基督福祸论与塞翁失马并不矛盾，其优点

在于直指人心，让你惊讶于早点铺一不留神一石双鸟

成了小教堂，而《圣经》学习班学员（大嫂甲乙俩或其中一
　　位）

兼电台管理员（塑料袋里收录机的主人，甲或乙）只问耕耘

不问收获，不管听众（顾客、服务员、厨师）反应如何，

听之任之，她俩还聊着今晨扫哪个路段时的见闻。

你可从没在早点铺听人布道讲《圣经》，难免有点儿少见
　　多怪，

你一边伸长耳朵（想听听耶路撒冷的神迹如何本地化，如何

与心灵鸡汤，与家长里短的秘闻建立奇妙又普遍的联系），

一边啃油饼，心不在焉地，又轻车熟路地，往热气腾腾的

豆腐脑里加一勺辣椒油，加米醋，又鬼使神差地，搁了一
　撮儿
香菜末。没想到，向来不语怪力乱神的你，看着晚春
热力渐进的阳光穿透细柳梢，照耀红木桌，照耀白玉豆腐
红辣椒，照耀那衬托一点红的万丛绿，神启般的，你忽然
感慨：今儿早点吃得香，全托了这鬼斧神工的香菜的
福音书。更直白说，香菜是豆腐脑灵感乍现的缪斯，
豆浆是油条油饼小笼包沉浸其中的启示录，
早点铺是不挂十字架的教堂在尘世的光，而你，
不明就里的，成了向着上帝细长的牧羊鞭
奔跑的迷途的羔羊。

2017 年 4 月 24 日

夕照寺街诗话

大中午的，北京风很大，五月阳光
仿佛也凭借风的力量，明亮得
摇摆不定。云也不靠谱，刚看见
东南角的天空有一大团云，一眨眼
就被风拉扯成一缕线，再一眨眼，云
已无影无踪了，只留下蓝格盈盈①一片
真干净。亨亨，将心比心，也许你有过
和我此刻差不多的体会：独自一人
坐在离夕照寺不远一家饺子馆的玻璃窗前，
餐桌上一盘芹菜饺子，一碟五香花生米，
一瓶冰镇普京②，伴你偷得浮生半日闲。
初到夕照寺，难免些许陌生的新鲜感，就像
近十年间你我曾在迷宫似的地铁里偶遇两次，都
惊喜于对方像庞德家黑黝黝的树枝上的一朵花瓣。
想象一下，你的目光越过餐馆的人声鼎沸，细细打量
窗外街景：树荫浓密，12路公交车从马路的光影中
穿过时像在奋力划水；路两旁古槐的树梢，像被
美术教科书般的速写笔牵引着，向风景画斜下方的
透视点延伸，整齐得给人一个幻觉：仿佛

---

① 蓝格盈盈，陕北方言，极言天空之蓝。
② 普京，普通燕京啤酒的简称。

视平线的消失点隐藏着超现实的秘密，
仿佛夕照寺街在夕阳斜晖中才是真实的，
仿佛你把夕照寺写进诗行里，才能印证
你在你的历史中当过主角似的。
你研究过戏曲史，一出戏，程式是固定的，
每个角色都各有各的戏份，而比戏剧还戏剧化
更变化莫测的生活中，甘于安分守己的，少。
因此，在生活和历史之间，诗和戏剧一样，
都扮演了跃跃欲试的自我粉墨登场的变形记。
大多时候，生活深如海洋，广大无边，难以捉摸，
任人书写的历史也装扮得一本正经，哼，一脸
无趣。亨亨，你这个戏谑的名字提醒我，恰如
其分的，在电影剧照般的夕照寺写诗，就是
给喧嚣的生活戴一副墨绿的滤光镜，
给淑女似的历史灌一瓶微醺的啤酒。

2017 年 5 月 13 日，夕照寺街。赠陈均。

龙潭湖游记

为离水面更近，你挑湖边更突出的
一块石头坐下。有风，湖面稍有波澜，
让你感觉水的深沉可不是装出来的。
凉爽，空气清新，就是仁者也会乐于智者之水
给你礼拜六最好的两份礼物。好在你抱朴见素于
没有更高的要求，游龙潭湖本是偶然兴起，
下午刚好有两小时的闲暇，你进公园时
两手空空，连一瓶水也没带，因此
少见多怪的，很快惊讶于公园各处草地上
分布的野营般搭起的五彩小帐篷，那可是要有
充分准备的，更不用说帐篷里或坐或躺的小情侣
还带着三生修得同船渡的小浪漫。
不用手搭凉棚就能瞧见，湖面上远远近近脚踏或
带马达的小游船可真不少，亲子游和情侣游是主角：
可爱多的孩子或妩媚女喜欢当舵手，
可怜天下心的父母或孔武男更喜欢显示
大力水手的本色；更有即景生情者，站立船头，
张开双臂，电影镜头般乘风破浪，像
英雄主义膨胀的船长。
由此，可以想象生活摹仿艺术比艺术摹仿生活
更活灵活现，更肉感，更亲近敏感的小心灵。

就连小游船不慎相碰或触岸，也会引起
欢笑一片，当然免不了孩子气的惊叫
或有小孩子真的吓哭了，但听起来
经过水面的湿润，有点儿水上歌谣的韵味儿。
在这生活摹仿艺术的戏法之中，你也情不自禁，
抬头看龙潭湖上面的天空，白云不断变幻阵形，
仿佛水深处真有一条龙的影子与云中龙
呼朋引伴。很明显，它俩在摹仿神话，
而你片刻的神出，也与灵感的鬼没构成
新诗的传说：当诗句比云朵更轻，喜剧色彩就更浓，
比水更智慧，你的喜悦就比有人在玉龙桥上
放的蓝风筝更高更天真，更飘逸于
一行白鹭上青天。

　　　　　2017 年 5 月 20 日，龙潭湖公园。赠唐文忠。

在即墨海边

在即墨海边，尽管你有押韵癖似的，
以五点钟寂寞的姿态坐在酒店阳台的椅子上看海，
不远处的海滩上却一点儿也不寂寞。
相反，大海，雾的鼓风机，正
开足马力，一队一队的浓雾大军，源源不断从海面上
冲过来，迅疾，不由分说，掠过即墨海岸线，
大张旗鼓向内陆腹地侵袭。
而有声有色的，海浪，一排一排白色的突击小分队，
哗哗哗哗的，毫无掩护的，冲上沙滩，倒在
三五成群初见大海的游客好奇又兴奋的脚下，
它们前仆后继，仿佛反复刷新沙滩就是
一生乐此不疲的游戏。
更不寂寞的，一段公路从两个小山包中间穿过，
来来往往的车辆，也不知疲倦似的，仿佛它们
东拉西扯，黑色车轮和司机的舌头就能把狭小的即墨
拉扯到无限长，拉扯到自古圣贤不寂寞。
其实正相反，自古大美皆不言，且看
绿意葱茏的山头上，一半阳光，
一半雾的阴影，阴阳割昏晓似的，令你惊诧
在即墨海边看见这惊艳的光影交错之美，
就像崔护惊诧又寂寞于

去年人面桃花相映红，
今日鸿影远去涛声空。

2017 年 5 月 23 日，青岛即墨。

黄昏三省吾身记

无人约黄昏后，月亦无柳暗花明可依，
你独自坐在街边小饭馆的落地
玻璃窗前，看窗外华灯初上，你的影子
映在明净玻璃上，与对面
证券公司的霓虹灯反光重叠交错，
仿佛你今天做了什么灯红酒绿的交易。
其实，你一向麻木于数字的抽象
与经济学费脑筋的斤斤计较，尽管
为此吃了不少哑巴吃黄连。
你此刻想的是，借此黄昏清凉无人扰，
你尽可以三省吾身，就像给跟着地球转动了
一天的自我喷几滴薄荷连翘清热解毒花露水。

早上七点，上班路上正好可以送儿子
上学，和他一起走在阳光斑驳林荫道，
穿过十字人行天桥，若从时光定格中看，
父子相伴，总让你感恩于人生美好。
上午在办公室审书稿，看乌江畔项羽被
贪财田夫骗向"左"，深陷泥潭别乌骓，更
让你莫名警惕时至今日，仍有人戴着憨厚的面具，
技巧圆熟于蛊惑人心。

午休时间打乒乓，对手发一个近网下旋球，
你引拍翻腕台内拧拉，兴奋莫名于球的弧线
飘忽怪异，落点匪夷所思于你也没料到。
下午与同事老马嗑瓜子聊天，惊讶于

他口无遮拦，一针见血对千夫指，不知是
出于坦荡无邪，还是真看穿了肉食者的鬼心思。
黄昏，身处其中不识庐山真面目的黄昏，
你一边陶醉于一盘凉面、五串烤羊肉和一瓶冰啤
就可满足的口腹之欲，一边看街道上行人
来来往往，马路上无轨电车的大辫子
刷来刷去，好像每一辆车经过，都给六月的黄昏
刷新一个新画面，以此对抗太阳底下无新事般
老调重弹的冷嘲热讽：向东走手拉手秀亲密的小情侣，
女生小凉鞋里露出新涂的红指甲；向西走
坐轮椅的白发老人，他经历的生、老、病、亡，
每一次都更新于人生无常。

2017 年 6 月 21 日

晨起看窗外白云朵朵记

晨起看窗外白云朵朵，睡眼惺忪中，
自作多情的，你以为这团团云朵全都是
一股脑儿涌到你推开的窗前
来接受你检阅的。

云朵背后的蓝天还比较矜持，保持着
平静的风度和你与企鹅间某种
有原则的神秘的距离。
自我夸张的，你还遐想迈步

在白云上行走，风景一定会桃花梦般
令人陶醉，而这也并非不能实现——
超现实，有时就是仰望
高处的天空，稍一入神，你就会

飘浮在现实之上，而对云朵来说，
超现实，就是降低身段，飘浮到
每个清晨每个清新的窗口，挤进每个
魔方搭成的五颜六色的房子。

2017 年 8 月 7 日

鹅卵石似的月亮

这个时辰你若在窗前眺望，会看见
暗蓝的天空中孤单的闪闪发光的
鹅卵石似的月亮。

你会不会和我一样想，月亮这孤独的
模样，缘于它不常见的鹅卵石似的形状
和不同往日的宝石似的光亮。

更准确说，月亮石头似的孤独，缘于
它失重似的在天空的无倚无靠。这时候，
你会不会和我一样想，极简主义的三角形

最能平衡月亮的孑孑独行。此时此刻，你若
在窗前眺望，设想一下你、我、月亮三体连线，
就会在茫茫夜空中画出一个发光的 UFO 似的三角恋。

2017 年 9 月 3 日

在餐馆写诗

很久没到这家餐馆了，有半年或更久，
你还是轻车熟路的，点了一份酸辣泡菜，
一大碗茄红牛肉面，一瓶冰镇啤酒。
顺理成章的，你还盘算能不能按幸福的惯例

写一首诗。之前在这家餐馆独自就餐，
你曾写过几首诗，即兴的，雪夜访戴的，
抒发一下小我的小怀旧，小神出不鬼没，或
表达膨胀的大我对现实的小超越。不费力，也

不用僧推（敲）月下门要琢磨得使多大劲儿，
几杯酒下肚，微醺中，你似乎更受女神范儿的
缪斯的小青睐，在手机屏上写写画画，也更容易
在小餐馆日常的喧嚣中度过自我安静的小时光。

现在，你一边呷着鲜啤泡沫中也许会带来新诗意的
五点钟的小黄昏，一边想着要写什么样的诗，
俏缪斯会在你耳畔吹什么样的边塞风。
狡兔三窟的，这一次，你给自己留了一条

进退自如的后路：如果写不出诗，那也不是

什么了不得的失败，你还可以再呷一口
鸵鸟主义的啤酒，抬眼观瞧落地玻璃窗外，
一面容姣好的妙龄女子，拉开银灰色的

现代主义的轿车门，上车，关门，戴上柠檬色的
后现代墨镜，启动引擎，倒车，拐九月委婉的弯儿，
扬古典主义风韵之长而去，隐入你怀疑主义视线
所不及的巨大的虚空。

2017 年 9 月 16 日

礼拜六

就像鲁滨孙身边礼拜五的弟弟，礼拜六
比起"周六"或"星期六"，更让你感到亲切，
它更像你喜欢的那类电影的名字。
记忆，现实，历史，梦境，蓝天白云，
似乎在蒙太奇的礼拜六才交织在一起。

也不像流水线似的"周五"，虽说会让你松
一口气，但喘息的当口儿，总还是提醒你，
过去的一周，过去的一年，过去的
十数春秋，你都在一个灰色的迷宫里
打转儿。因此，礼拜六，更像你给自己

一个人命名的一个节日，更新于
你给自己焙制的蛋糕最香甜的那一部分
每次都独出心裁。毋庸讳言，蛋糕的隐喻
暴露了你一直克制的贪婪，为什么你总想
占据蛋糕最甜的那一处山头？就像贪官

总想占据既得利益最肥的那一部分油水。
当然，与贪官不同的是，你其实很愿意
与人分享你的蛋糕，只是你拿不准

别人的口味，就像你很少在意当朝官场动向，
听有人闲聊时对新闻背后某省某部人事罢免升迁

顺藤摸瓜，如数家珍，惊讶之余你才明白，
潜意识里你把自己放在有洁癖的世外桃源里。
退一步说，你可以理解萝卜白菜各有所爱，
但当你抱着自己趣味的胡萝卜，却会对那些
啃着官场大白菜涎水下流三千尺者退避三舍。

进一步讲，心理学的移情说或换位思考都是
一厢情愿，人的盲目性（盲人摸象）则雷打不动，
因此你的礼拜六，不会是他人周五的小弟弟。
举眼前的例子，这个礼拜六，你正在写一首诗，
敲键盘的间隙看电视直播的奥地利乒乓球公开赛，

自我自得其乐于子非鱼却知鱼之乐的诗意，以及
挥拍击球心跳加速的多巴胺高潮，就像
某年某月某日你拉着你喜欢的人的手，
暗夜中无暇顾及手掌心那命运线
漩涡般纵横交错的纹路。

2017 年 9 月 23 日，赠胡少卿。

去 Z 培训班的路上

在不愿做的事上总会磨磨蹭蹭（人嘛，都一样，你
尽可原谅自己），在去 Z 培训班的路上，你真的
把一条条笔直的道路磨蹭成了 Z，必须用斜体
表现的 Z，浊辅音的 Z，别别扭扭的 Z，步态因缓慢而从容
却内心纠结的 Z。从穿行东三条胡同，到乘地铁六号线
换八号线，铺满天空的长条白云，是巨形镰刀的

Z，这两天更严的安检的灰色传送带，是把形形色色的可疑
拉长的 Z，地铁车窗上镜子般对映的，是黑黝黝的
上班族枝丫上冷嘲互相热讽的 Z。
让你不由闭眼假寐（眼球不再转动，地球仿佛不再转动），
仿佛要把自我以外的世界当作根本不存在的现实
而去靠近某些注定与你无缘的事物的 Z。

一想就令人恐怖的 Z，你知道培训班想把你钢铁似的炼成 Z，
而你不愿意但可能不知不觉中已有点儿 Z 的影子了的
无所不在的 Z。在白天你可能抗拒，掩面在夜晚软弱的胳膊上
却可能令你因羞愧而哭泣的 Z，那把你从白天押送到夜晚的 Z，
眼看退远了变得奇怪了却像一部阴魂不散的电影的 Z。
将要刻在每个人的墓志铭上的 Z。

2017 年 10 月 17 日

霜降日的秋刀鱼

霜降，霜降，看层林尽染深红
出浅黄，让人直夸颜色好，暂且忘了
色即是空的训诫，亦不去想好即是了，更
不用提秋妆浓艳，走不了几步即是枯枝败叶。

霜降，霜降，看镜中人将知天命的黑发梢
起了灰白的波浪，四顾茫然，心有不甘。
想起理发师热切的礼拜六建议，把白发染黑，
仿佛能让岁月的车轮倒转回青春。

霜降，霜降，不眠人在夜未央的被窝里
辗转反侧，身形夸张，或曲，或弯，或僵直，
间以或短或长的吁叹，似秋刀鱼在渔夫的网中
徒劳挣扎——鱼害怕秋天的刀，你反侧人生的秋。

2017 年 10 月 23 日，霜降日。

立冬，你把沙发坐了一个坑十四行

立冬，坐在沙发上，仿佛身陷雪花一样
纷纷扬扬的记忆的算不清的流水账——
从童年打也打不完的雪仗，七十年代滚
越来越大的雪球，到八十年代夜晚深一脚、浅一脚

在雪地跋涉青春，从九十年代密集的时代的雪片
打在脸上，到新千年不曾兑现幸福许诺的雪花飞舞。
人到中年，一回忆，趟过的岁月漫长如冬夜，美好的时光
却短暂如雪融。这个冬天，你会看到怎样的一曲歌罢头飞雪？

在雪地上跑一个人的冬奥会，你会不会气喘吁吁？撒点儿野
就甭提了？靠着南墙晒太阳，你会不会觉得比去年更温暖？
会不会更清楚次第到来的每一个夏天与冬天的区别？
立冬，你想着如何应对将知天命的冬，起身回首，才发觉

你把沙发坐了一个坑，深浅不一的蓝布与红花的褶皱，
不规则的爱与恨的圆弧，其曲线难以平复于抽刀断水乱如麻。

2017 年 11 月 7 日，立冬日。

野渡无人 ①

韦官人，土地测量员似的，在唐朝心神不宁的黄昏里，
一瘸一拐地，赶到没有马可上的上马河渡口。
他急着要过河，按已被三番五次打乱的行程，要在
黄鹂旅舍夜宿（他隐隐听到对岸鸟的叫声）。

从滁州城出发时，他踌躇满志，一心要完成
诗言志之宏愿。不料，中途中了邪似的，
背着一大包盘缠的书童莫名走掉了，还顺手牵羊般
牵走了他要在长安城走马观花的马。可想而知，

他在令人懊恼的春风里失意，马蹄嘚嘚声也变成
昨天新鲜又陈旧的记忆，一个人的旅途
变得艰辛又寂寞，操心的事儿多，又没人
说话（尽管平日里嫌书童饶舌）。因此，韦苏州

第一眼看见河面上一阵阵急雨打出千点万点水花时，
他的头发已如西涧边的幽草一样凌乱。野渡无人，
他四处暂摸，想找个法子爬上离岸三丈远的忘情水上那像
命运摇篮一样随风摇晃，像梦中情人一样发超现实之光的小舟。

2017 年 11 月 16 日

---

① 韦应物《滁州西涧》："独怜幽草涧边生，上有黄鹂深树鸣。春潮带
雨晚来急，野渡无人舟自横。"

两只同栖鸟

岁寒，知松柏之后凋。这个院子里不褪色的绿，
冷冷的绿，克制的绿，自信满满的绿，仿佛
自认是在冬天里卧底的春天的旗帜。

不过，对这旗帜不理不睬的，是松柏旁一棵玉兰树
光裸的枝杈上，两只蹲在一起的不知名的灰身蓝顶的鸟。
它俩紧挨着，不时抬抬翅膀，晃晃脑袋，互相梳理羽毛。

你在树下晒北方十二月的太阳，不时眯缝一下
十一点钟半是定盘针①半是万向轮的眼睛。

2017 年 12 月 8 日

---

① 定盘针，出自王阳明诗："人人自有定盘针，万化根源总在心。却笑
从前颠倒见，枝枝叶叶外头寻。"

辑二　枕云记

（2015—2016）

大风歌

大风起于大寒，晴朗的天空
蓝得像青出于蓝而胜于蓝，气温
让大半个地图如冰水为之而寒于水。
从七楼露台望远处的烟囱，那白烟飘荡
如海面起伏的波浪，曲线优美于大风
能给波纹画出多大的浪花。更高处，云
一开始被大风吹得东倒西歪，后来干脆
跑得无影无踪，给地平线以上留出更多的
白。这白不是绵羊的白，更多是虚空的蓝，
这蓝更冷于刺客杀人不眨眼，更酷于
篮球比赛最后一秒面无表情的反超绝杀。
大风起兮，天地不仁，仿佛世界
被缩小于爱因斯坦的相对论，屋内的炉火
则温暖于伊壁鸠鲁的快乐学。
大风天，你能做的，是在躺椅上打个
叶芝似的当你老了的盹，或是
冲一杯绿茶，在沙发上和儿子下一盘
王被追杀的国际象棋——
打盹时，窗缝的风声变成
火炉上壶中水被烧开的尖叫；
下棋到残局，你成了孤零零的李尔王，

在黑白格的旷野大风中步履维艰。
说到底，大风更像世界的王，
普天之下，没有风吹不破的铜墙铁壁，
没有风吹不化的铁石心肠。
换句话说，黎明即起的你，更吃惊于
前几日水波荡漾的大运河竟结了冰，
温柔的波浪凝固了，仿佛绸带飘动的
婆娑身姿，那是你唯一能看见的大风的形状。
而让你揪心的，冰面上红日喷薄，
那冰与火的交锋更像大风的诗篇，
像一束光，一个人越走越远的背影，
说不清心底的冷和热；像一场
终究会被大风带走的炽烈的爱。

2016 年 1 月 25 日

西游记

高铁驶离北京西，如铁马在平原
撒开四蹄，以近三百公里时速
开启你的西游记。车窗外，
一闪而过的近景模糊不清，
更衬得北边天际连绵起伏的群山
起伏得动感十足，起伏得曲线曼妙，
仿佛传说里巨人国的公主躺下来小憩，
她一呼一吸，或高或矮的山峦跟着
一上一下；有巨人相伴，山脚下
错落分布的高楼大厦，乖巧得
就像听任小孩子摆布的灰白积木。
无风的天空下，高耸的工厂烟囱
冒出的白烟，体形与野心愈胀愈大，
最后撑不住自身的存在之重，
像一串成熟的沉甸甸的谷穗，以慢于
电影的慢动作弯下腰去。
车过邯郸，铁道旁落光叶子的白杨树
可丝毫没有古人学步的谦卑范儿，
枝丫直竖，发型比朋克还朋克，
浑不吝似的，刺向北方高远的天空。
江汉平原上，一方方的水塘，

映着南方天空温柔的云朵，
倒有几分童话般的明亮与天真劲儿。
丙申年，神话里的孙悟空成了
人见人爱的吉祥物——
美猴王治下，把恶关在花果山外，
水帘洞里，流淌的尽是善。
本命年，童年的齐天大圣仿佛
重新成为你的偶像。
火车一路向西，你替顽固的自我盘算：
能否和孙大圣一样，跳出花果山
单纯的善？在你和他的火眼金睛里，
眼前的山不是山，水不是水，
全是车迟国或狮驼国的千妖百怪
在崇山峻岭间玩的小把戏。
你能否和斗战胜佛一样，历经
八十一难，求得正果把家还？
那时山还是山，水还是水，
高铁还如铁马，乘客还如骑手，
听得见耳边风声萧萧，
你我都似在云中奔走。
神话和传说，一样童心未泯，
梦想与现实，一样触手可及。

　　2016 年 2 月 8 日，大年初一，自京赴鄂西途中。

夕 暮

从东五环外拍一张北京的夕暮，
镜头抬高些，焦点对准黑色树杈间
一大片红得像火的云霞。
暮归的羊群走在天上，你尽可以天马
行空地想象，如少时在黄土坡头放羊的情景
重现：那时一团团晚霞在燃烧，
一抬头，总觉得满天都有奇怪的鸟兽
在奔走，在不停变幻，让你惊骇又欢喜。
"把遮光板拉下来。"镜头下落，
北运河东大桥上，大大小小的汽车
排成一条歪歪扭扭、反光耀眼的
金属长龙。"首都（堵）名不虚传。
恶与不善，皆出自缺乏耐心。"
你一边叹息，一边给自我上一堂
提升个人修养的伦理课。
夕暮，其实最适合上演风景与回忆的
蒙太奇：很容易，头顶无声航行的飞机
会变成扇动银色翅膀的鸽子；
暗红的落日，葡萄美酒夜光杯似的，
叠映着天边让你迷醉的妩媚笑靥——
瞧，那俏皮的嘴角的美人痣，

瞧，那明亮如含情春波的丹凤眼。
回忆里，历史和想象都用一套
叙述方法，一厢情愿，自以为是：
插叙，倒叙，夸饰，人和事张冠李戴，
到末了，"一切历史都是当代史"，
一切想象都难追上当代生活。
最后，理智让位于诗歌的情感：
夕暮，夕暮，能让你每一个毛孔
感受到愉悦，而非史学家严肃得无趣
俗套得廉价的怜悯。"理论是灰色的，
而艺术之树长青。这时候可以谈谈
形体的美了，"你一边喃喃自语，
一边琢磨如何给即将到来的早春夜
安排一处人面桃花相映红的归宿，
"真美啊，让你轻抚的手难以置信。
正如荷马吟唱的，为海伦打一场
特洛伊战争是值得的。"

2016 年 2 月 25 日

春分日，打个亲爱的招呼吧

春分日，天气好得像
清新于蓝天与白云好像破天荒
第一次相遇，如人生初见。
你眯缝着眼看太阳，
吃惊于明显感到

太阳和地球相互侧了一下
身子，打了一个春分日的
招呼，向对方
走近了一步。

很快，你发现这个新礼节
被小区池塘边的一株桃树与
一旁的柳树模仿了一下，
两棵树相互侧了一下身子，
打了一个春天的招呼。

很快，你看见，桃花红了，
柳条绿了，心情好得像
欢喜于红与绿好像第一次
相遇，如人生初见。

春分日，你若见到我，也相互
侧一下身子，打个
亲爱的招呼吧。

2016 年 3 月 20 日，春分日。

美的力量绝不亚于思想①

风雪夜归人，
如果刘长卿不写下它。

风从烈日下的麦田吹过，
如果梵·高不画出它。

听到那令人心跳的敲门声，
如果贝多芬不奏响它。

油麻地的草房子旁枫叶飘落，
如果文轩师不描绘它。

如果刘长卿不写下它，
风雪夜仿佛不归人。

如果梵·高不画出它，
麦田仿佛升不起风中烈焰。

如果贝多芬不奏响它，
命运仿佛从不敲窄的门。

---

① 昨日喜闻曹文轩老师获 2016 年国际安徒生作家奖，以诗为贺。

如果文轩师不描绘它，
仿佛没人懂得美的力量
绝不亚于思想。

2016 年 4 月 5 日，赠曹文轩老师。

云军团占领了北京

中午一出门，戴着墨镜
还觉得阳光耀眼，比阳光
更耀眼的，是万里晴空
一团一团形状各异的白云。
有一大朵云，低低地压在
一幢红楼的楼顶，仿佛
一高兴就会跳下来。

你发现，在一片开阔的天穹，
有两朵三朵的云分散得
较开，像云团派出来的
轻装的侦察小分队。
而东西南北的天际线，则有
密密麻麻的云的军团
包围着北京。

近朱者赤，近云者轻，
你发现，四月泛绿的树梢，
高高矮矮的建筑，五线谱似的
架在天空的高压线，都变得
轻飘飘了，成了云军团的陪衬，

仿佛整个北京，也轻浮得成了
无处不在的云的背景。

云军团占领了北京，而你
很开心地看见：仿佛
每个在云下行走的人，
都很开心作云的俘虏——
那开心的样子，
仿佛每个人都走在云上，
每天过着云上的日子。

2016 年 4 月 17 日

从窗子跳进来的老陈

那个七十一号院，大家都叫他老陈。
那年秋天我在《延河》杂志实习，
一天下午，我正在东南角那间编辑部
外屋里看稿子，听到有人敲玻璃窗，
抬眼一看，里屋的同事打开窗子，只见
一穿黑色皮夹克的瘦身形男子踩上
窗台，一侧身穿过窗子，先踏着
靠墙的一张桌子，然后轻身一跳，
进了屋子；他笑着和屋里的人
打过招呼，从红木门出去，
进了作协那被戏称为"聊斋"的院子。
一看见那皱纹如沟壑纵横的
著名面孔，不用介绍，我知道了，
这就是老陈。

那是我第一次见到老陈。听同事说
那是刚出访意大利归来的老陈。
老陈就住在与院子一墙之隔的家属楼，
我最初认识的，就是为走近道
从窗子跳进来的青春的老陈。
那时候老陈已写出了《白鹿原》，

那是年过半百仍身手灵活的老陈。
那是沧桑写在脸上，仍和大家一起
在露天水泥台上开心打乒乓球的老陈。
那是只抽雪茄，爱看球赛的老陈。
那是说话慢条斯理，无论在哪个场合，
一口关中秦腔永不变的老陈。
那是在文学爱好者眼里，在古城
大大小小的座谈会上，大气，沉稳，
签名合影时和蔼可亲，
没有架子的老陈。

我在那个院里工作了五年。
那五年里，我也写小说，在那间
如今已被拆掉的门房小屋里，
有时会从深夜写到天亮。
记忆里，除了谈编稿，我很少
和老陈私下里谈写作。
也许老陈想的和我差不多，
文学不是谈出来的，
作家要靠作品说话。
在一期陕西青年作家小说专号上，
主编老陈亲自写了一篇短序——
《写出属于自己的句子》。
这也许是我从老陈那里得到的
唯一有纪念意义的文学遗训。

昨日上午，在朝内办公室，惊闻

老陈在西京医院病逝①，沉痛良久。

伤逝总无语，古城寂寞深。

近十多年，我只见过老陈一次，

还是五年前在火车上偶遇，仅寒暄几句。

现在，老陈枕着他的"垫棺之作"②

安息了。老陈，一路走好。

也许，老陈可以穿越到唐朝，给他

常念叨的"最恓惶"③的饿肚子的杜甫

捎上一袋白鹿原上的麦子。

此刻，我从北京向上看一看

长安的天空，依稀看见老陈

还是穿黑色皮夹克那青春的样子，

他还有一副能从俗世的窗子

跳进来的健朗的身子骨儿，

在被他的小说人物簇拥着的

天堂里。

2016 年 4 月 30 日，通州大马庄。

---

① 病逝，4 月 29 日，陈忠实先生因病在西安去世。

② 垫棺之作，陈忠实生前曾欣慰地说《白鹿原》可放在他的棺材里当枕头用。

③ 恓惶，关中方言，形容境遇凄惨。

夜　绿

和浅绿相比，夜绿
就是夜晚的绿，就是
你在夜晚也能看见的绿，
就是在五月这个晚上你从
空荡荡的公交车上望出去的
远远近近高高低低千树百树绿。
和一首诗里儿童般天真的浅绿相比，
夜绿称得上老于世故，深藏不露。
黑暗中，夜绿深得更近于黑色，
你摸不着绿，却能感受到绿。
车灯下，层层叠叠的夜绿
向世界的不可知处延伸，
绿得像一条静悄悄的
路，就像人到中年，
偏安于沉默是金。

2016 年 5 月 7 日

端午三十一行梦

昨夜梦里，回乡经小县城，
为免惊扰，独自住骊山下
一小旅馆。站在梦的窗前，
眺望青翠的山峦起伏，想起
多年前曾在小城参加函授考试，
有一道写作题，你鬼使神差，
把窗外青山描写一番，一边写
一边抬头观察近在咫尺的山形地貌，
想象你笔下的人物如何在山间行走，
如何在残雪的冬天嗅到早春的气息。

倚靠在梦的行军床上，能望见
山顶周幽王戏诸侯的烽火台。
你随手拍几张风景照，并非只为
发微信，其实你更喜欢空气清新，
在你更想纪念的青春的八十年代，
你曾多次爬过这座山，登上
烽火台，俯瞰渭河平原炊烟袅袅。
多年后，在一篇怀旧小说里，
你写到冬天的山顶覆盖着白雪，
在黄昏泛着蓝光，你的人物穿行

在八十年代末荒凉不知所措的街道。

在梦里忧伤的汽车站旁，
你背着行囊，走进一家手工面馆，
拿起菜单，轻车熟路点了一碗
油泼菠菜面。在离别的梦里，
你清清楚楚看见一行孩子气的手迹
斜扬上去，在菜单空白处，
远行人学批三国的金圣叹：
"此面筋道，其色香味，
吾乡独有，外乡山寨者众，
皆不能触味蕾之魂也。"

2016 年 6 月 11 日

世界观例说

当今，我最不能理解的两件事，
不仅听说过，而且看见过，
就是染发和穿高跟鞋。

发肤，受之于父母，岂能
轻易改变其颜色？发如树叶，
四季荣枯，自然之理，
青丝渐变成霜雪，
顺其自然，有风度就好。

高跟鞋，看见过，没穿过，
据说女士穿起来脚踝如刀割。
何苦来哉？为悦他人目，
自己花钱买罪受？
与已作古的裹脚布比，
五十步笑百步。

也许萝卜白菜，各有所爱。
也许林子大了，什么鸟的世界观
都不奇怪。你既不染发，也不穿
高跟鞋，自然体会不了被染的发大人

心底那个五彩缤纷的炫世界，亦
欣赏不了高跟鞋高女士的高看一眼里
那个昂首挺胸的美丽新世界。

2016 年 6 月 23 日

影子显形记

从百货大楼的橱窗前走过，
不经意间，你忽然发现
你映在玻璃上的影子
并不与你同步：

很夸张的，影子人来疯似的，
幽灵般的显现——
一颗狮子的心，
两只豹子的脚爪，
羚羊一般灵巧的身形，
长颈鹿一般耿直的脖子，
斑马一般善于伪装的皮肤。

更让你惊讶的，那影子
迈着你似曾相识的步子：
上一步踊跃，像少年行，
下一步蹒跚，又像夕阳红。

2016 年 6 月 26 日

做了一回二郎神

你想不到吧，
七月流火第二日，
上帝创世第六天，
机缘巧合，真的是
乘飞机的因缘，
我在层层白云之上，
一边读《骑手和豆浆》①，
一边喝橙汁，一边瞧着
脚底下浩瀚云海里，仿佛
真有个小哪吒在闹海似的，
云的波浪以近于静止的慢动作
缓缓翻腾。我情不自禁——
你想不到吧，一个谨慎、严肃，
平素在任何场合从不跷二郎腿的人，
跷起了二郎腿，做了一回
哪吒的表舅——二郎神。

2016 年 7 月 2 日

---

① 《骑手和豆浆》，臧棣诗集。

谁掌管下雪

少年时对下雪记忆尤深，
深得像一踩下去就会埋没脚脖子的
雪地里一串串欢喜的脚印。

读初一还是初二（记不清了），
有一次写作文，我写下雪的情景。
也许那时刚读过《西游记》《封神榜》，
囫囵吞枣读的，对天上诸神很感兴趣，
但对他们分工不甚明了，也不记得
是谁掌管下雪。

作文一开头，我写天庭开会。
大概是玉皇大帝召集天兵天将，
商议地界大旱，人间恐有灾荒，
决定派神降雪。到底派了哪个神，
现在想不起来了，三十五年前的
作文本，早不知丢到哪个爪哇国去了。

接下来，我写"我"站在地上，
仰望雪花自天而降，铺天盖地的，
让村里乡亲和冬小麦都欢天喜地的。

"我"靠在打麦场的碾盘上，
让雪花落在脸上。

此刻仿佛昔日重现，那冰凉的雪花
让少年的"我"惊觉，因那一番天庭幻想，
心跳也加速，脸皮亦发烫，仿佛
那雪是应"我"的召唤而下的。

2016 年 7 月 3 日

玉林遇雨

到玉林两天，遇到好几阵雨。
有两回，雨小，轻，短暂得好像雨滴
不愿离开云层，刚在空中一露头
就收回了雨线，好像小学课本里钓鱼的小花猫
刚抛下就收回心急的渔线。
眼前这阵雨，却缠缠绵绵了三四个小时，
深情得比婉约派还婉约，看样子到黄昏
还会淅淅沥沥，仿佛她来自更深情的西西里。
你坐在屋檐下，雨丝随风飘到脸上，
清凉得像大热天吞一口草莓冰淇淋。
玉林，给你最直观的感受，就是置身雨林。
不用说，你更喜欢的一个比喻是，穿行语林：
隐隐的雷声中，眼前飘动的一道道雨丝，
更像落进你印象笔记里的一个个语句。
街道上，有人打雨伞，有人披雨衣，
若有浮世绘，斜风细雨入画框。
说到底，在玉林，你只是一个访客，
无雨具，有语句，不也很美妙吗？

2016 年 7 月 4 日，广西玉林。

看风景

加班散伙后，你喜欢独自一人
吃晚餐，总是坐在同一家重庆小面馆
同一个临窗的位置，点同样的凉菜，
同样的冰啤酒，甚至同样多的烤肉串。
不过，当你看窗外夜晚的风景时，
一恍惚，总觉得自己是漂泊天涯的旅人，
坐在一个陌生又新鲜的地方——
窗外车辆交错而过的熟悉的街道，
常被你当作一道江或一条河，
当作一处青山绿水、这边独好的
遥远的过去或未来的风景。
要论江或河，当然塞纳河最好，莱茵河或
亚马逊河也不错，都足以让你浮想联翩。
最重要的，在微醺的醉意中，你挥手
赶跑在耳旁嗡嗡响、在光裸的小腿边
盘旋不已的吸血鬼蚊子，仿佛这样
一挥手，就让你离你想写的诗更近了。
众所周知，在夜里写诗这个念想，
是你对抗白昼无趣世界的专属
私密武器——
仿佛写一首诗，就足以

让你对今天遇到的那些面目可憎的人，
俏皮地说一句"去你的狗熊"，
而如果没有写诗，你常说的是
"去你的地狱"。

2016 年 7 月 14 日

吃葡萄

吃葡萄，染紫了贪心的手掌，
剥脐橙，大拇指饥渴的指尖变黄，
摘玫瑰，扎得好色的指肚出血，
刷墙，鼻子沾了白漆，像完美的小丑，
草地上打滚儿，绿了任性的肥臀，
飞机上写信，信比青更出于蓝而胜于蓝。

雁过留影，你做什么就会留点儿什么，
敬业的侦探会顺藤摸清你的，傻瓜。
大隐隐于诗，在诗里你尽可天马行空，
不过仍要小心为上，喜怒稍形于色或暗喻，
近来交感神经兴奋，专攻读心术的思想警察
就会给你一点儿猛于虎的颜色。

2016 年 7 月 31 日

轻生活

你知道吧，我上下班要倒三趟地铁，
步行半小时，单程计用时近九十分钟。

你知道吗，我有一双黑色运动鞋，
穿了十年还没磨破，此刻就在我脚下。

告诉你吧，秘诀就在于——乘地铁
我总是等最后一个上车，到站时

最后一个下车，总是慢步在
汹涌人群的后面：轻得像从湍急河流中

跳出来的一朵浪花，孤零零的像
国际象棋终局待在后方的王。

2016 年 8 月 4 日

多久没写小说了

你多久没写小说了？
差不多有六七年了吧。
当然，你能找出许多借口，
这是以前，来应对内疚来袭时的
种种困扰。现在，你不找
借口了，你"相信未来"，
相信有一天你会写出也许不合时宜
却是你心仪已久的小说。
毋庸置疑，你越来越相信
这一点。给你信心的，
是这六七年来，如同此刻
兴之所至，你正在键盘上
敲敲打打的，仿佛骑马过草原
忍不住要唱几嗓子似的，你会
半抒情半叙事的，写几行半戏剧
半戏谑的新于诗的新诗。
很显然，在上下班的地铁里
写诗，要比写小说更简易可行，
但这不是你不写小说的借口，
也不能说你把写小说的时间用来
写诗了。更贴切的比方是：

你很久没打篮球了，每周差不多
有五天打乒乓球，就不能说
你把打篮球的时间用来
打乒乓了——对一个运动家而言，
你打球时兴奋的心跳，酣畅的流汗，
灵感与本能浑然一体的一击，
每个毛孔发出的愉悦的呐喊，无论
打篮球还是乒乓球，都是一样一样的。
现在，你明白了吧，写诗，
写小说，打篮球，打乒乓，
在你一个人的奥运会里，
金牌分量是一样一样的。

2016 年 8 月 19 日

扉页题字

俗话说"前檐的水流不到后檐",
你把这句话竖写到书的扉页上时,
仿佛因地球的引力,
这前后檐的水流到了一起。

其实,从天上往下看,这水并不分
前后,就像在时间的荒原上,
"前不着村后不着店"只是

一个迷茫的比喻,"五十而知天命"
只是一厢情愿,"六十而耳顺"
只是一味装糊涂,"七十而从心

所欲,不逾矩"更是老于世故,就像
常见的老顽童,有儿童的表情,
却没有童心鲜花似的欣欣向荣。

因此,更罗素①一点儿的说法是:
水面开阔,才显平静,

---

① 罗素,英国哲学家,曾把人的一生比作河流,初如激流奔腾,后渐舒缓,终平静归于大海。

内心平静，才显时间开阔得
无始无终。

2016 年 8 月 24 日，赠南保顺。

海景房

费了一番口舌，前台小姐
给你安排了八楼全景的海景房。
久居内陆，你迫不及待打开
房门，跨上阳台的兴奋劲儿，
就像赴一场朝思暮想的约会。
午后两点的阳光，更清晰显示出
沿海特色的绿树红墙，海的蓝
就更不用说了，大片的蓝填满了
倒三角形的海湾。这蓝在你的脚下，
你得眯缝着眼，才可抵挡
令人沉醉的蓝色带来的眩晕感。

海滩上，欢天喜地的是孩子，
七彩小泳衣和游泳圈，画出了
海上游乐图的灵动劲儿。
大人们也跃跃欲试，似乎新鲜的
海风吹醒了他们曾经的青春活力，
尽管身材开始或已经走形，紧绷的
泳装无情地暴露了不甘心的衰老和臃肿。
既露之，则安之，海水虽凉，
也消减不了抓住青春尾巴的渴望——

不会游泳的，也套上鲜艳的游泳圈，
大步扑进海水里，折腾出白色的浪花，
就是不服老的最好表达。

站在阳台上看海景，你发现
远观的距离恰到好处于
你此刻只满足于远观，而不去
光着脚丫在沙滩上印一串惬意的
到此一游的脚印，只满足于
看一幅风景画，而不是成为画中人。
不由想起四年前，在马尔代夫一处
孤零零的海岛上，四周
被印度洋包围，有那么一刻
你感到自己是安静的鲁滨孙，
就像读小说时跳进书页里，
成了牵肠挂肚的书中人。

很显然，阅历让你的参与热情降温，
容易满足，宅，如同囚犯到了
放风时间，只满足于在铁栅栏的窗口
呼吸几口新鲜空气，而不去四方天井里
晒一晒太阳，活动活动筋骨。
如同塞林格的一篇小说里，开篇也
写到海景房，那是逮香蕉鱼的好日子，
主人公却只满足于坐在沙滩上发呆，
身边人来人往，急急地奔向

热闹生活的海洋，他则把自己
埋在沙子里，像鸵鸟把倔强的脑袋
埋在自我的沙漠里。

众所周知，海景房，还是更自我的情侣
喜欢的浪漫之地，阳台上发生的故事
总那么曲折缠绵，而且会给人一个错觉，
即远处海与天的交际线，会被当作
神秘又令人神往的天尽头。
对内陆访客来说，曾经对天涯的想象，
变成了目力所及处缓缓起伏的圆弧线，
四方形的大地，似乎也变成了柔和的球面——
不仅地理感觉变了，连人心也由粗线条的
枯涩，变得越来越细致流畅了，更有同情心
和恻隐心，更有耐心把一首诗读到结尾。

2016 年 8 月 27 日，辽宁葫芦岛。

盒子与鞋的偏见

空纸盒子，在新搬的家中
还有它的用途：简单的
一组合，便成为门边客随主便的
鞋柜。很微妙的，你把
运动鞋放在绿色橙汁盒子上，
把拖鞋放在白色蛋糕盒子上，
仿佛这样搭配才得体，才顺眼；
而一旦把拖鞋放在橙汁盒上，
运动鞋放在蛋糕盒上，
就感觉别扭得不行。
你也奇怪自己怎么会有这样
蛮不讲理的偏见，甚至
偏见到心理和生理反应
也有看人下菜的意思——如果
访客是位诗人，看到盒子与鞋
而灵机一动称为"和谐"，
你便会心一笑如慧能①；而政客
若看到盒子与鞋，咧嘴笑称
"和谐"时，你却本能地

---

① 慧能，禅宗六祖。

恶心得不行，我呕。

2016 年 8 月 30 日

晚安，北京

晚安，零点三十九分的前拐棒胡同，
晚安，藏在道旁汽车轮胎下的流浪猫。

晚安，那些白天在电线上叽叽喳喳的麻雀，
晚安，在建筑工地脚手架上忙碌了一天的泥瓦工。

晚安，长蒿草的老四合院老屋顶上鸽棚里的鸽子，
晚安，在梦里盼着在外打工的父母回来的孩子。

晚安，胡同口悄悄离开把青春和理想装进行囊的年轻的脚步，
晚安，依然四处漂泊把眼泪和愤懑吞进肚子里的异乡人。

晚安，已降温的垂下手臂的挖掘机和不再飞扬的尘土，
晚安，枕边手机里收藏的老相好的短信和照片。

晚安，墙边孤独的电量不足的灰色半导体收音机，
晚安，听着忧伤歌曲心底波澜不惊的失眠症患者。

晚安，一份搁在黑暗的书桌上未完成的画梦录，
晚安，黎明时分就要出门乘公交赶地铁的上班族。

晚安，远方许久没有音信一向可好的朋友，
晚安，让你把所有的地方都当作远方的北京。

晚安，夜雾笼罩下暗黑如墨染的北京，
晚安，道一声晚安却难以入眠的北京。

2016 年 9 月 24 日

乒乓的灵感

打乒乓，你常会打出一些
匪夷所思的球。连你也吃惊
不知这球怎么打的，对手
就更惊讶得牙都要掉了。
也就是说，面对来球，你的
身体（手为急先锋），已先于
你的思想做出反应。换句话，
你来不及想就出手了。
更准确的，叫本能，是比
理性判断还快一步的
身体判断，而你，
更愿意把它叫"灵感"。

将心比心，写诗的灵感也是如此。
它一出现，哪怕只是一个词或
一个句子，你就直觉（身体反应，
眼角视神经轻跳了一下）它给你带来了
一直为之怦然心动的诗艺的新鲜感。
也许有点儿过于骄傲，但你还是
骄傲于"吾诗既成"。
更含蓄的说法，像在古诗中一样，

你发现了字里行间的互文：
打乒乓的灵感，表达了身体的诗艺，
而诗的灵感乍现，就像打乒乓一样
清脆得喜悦的自我连跳几跳——

不由自信得富有青春，青春得
富有肉感，肉感得诗的弹性十足。

2016 年 9 月 26 日

把雾霾收进讽喻诗的小黑瓶

拳击手为什么不流泪？
你在客厅里看电视直播拳击比赛，
忽然想到这个问题，起因是厨房里
飘出生葱味，眼底辛辣得要流泪。
想想吧，那拳击手被击中鼻梁，
鼻腔的辛辣肯定比吞一大口芥末菠菜
更冲更辛更辣，而你从没看见过
拳击手流泪，不免让从小想当侦探的你
心生疑窦。得去百度一下拳击训练手册，
翻阅拳王阿里或其他拳手的传记，
从字里行间寻找蛛丝马迹。

还有一个捷径，如果有点儿自我牺牲精神，
你可以看着镜子对准自己鼻子来一拳。
可惜，这个假设暴露了你阅历浅得
从小到大，还没和人打过架，至少
没被人打过鼻子，也没打过别人鼻子。
此时此刻，这算得上一个不大不小的缺陷。
有点儿像因耳背，你把"脱鞋"的命令听成了
"妥协"，这令吃软不吃硬的你感到难为情；
又有点儿像曹营中的小兵把口令"鸡肋"

听成"急了"，还在纳闷曹丞相这是跟谁急。

雾霾天，说到底，你更想听到的，是
"勿埋"，尽管大半个华北都被埋在了
如铁屋似的令人窒息的重重迷雾里。
怎么办？这三个字也如三座愚公也移不走的
大山，压得你心底的问号弯腰，发窘，
羞愧得脸红得像走麦城的关公。
如果你是拳击手，拼命打出的拳头
也会消失在雾中，分化于虚无的力量
绝望得收也收不回来，真让人欲哭无泪。
如果你是诗人，倒尽可以把最恶毒的诅咒
挟在"诗出于愤怒"的行吟中，仿佛
一念咒语，就能把雾霾这头怪兽
收进讽喻诗的小黑瓶。

2016 年 11 月 4 日

冬 暮

天黑下来，南小街人行道上，迎面
走来一位穿灰黑棉服的中年大叔。

他两胳膊肘各夹着一颗滚圆的大白菜，
左手还提着一小塑料袋玉米楂子。

装玉米楂子的小袋子晃来晃去的，
他嘴角叼的一根香烟也一红，一暗。

你估摸着：这大白菜腌了过冬，够吃
一阵子的；玉米楂子熬粥，黄澄澄
一大锅，香气和热气腾腾的，也够馋人的。

2016 年 11 月 9 日

寻根记，或论诗的晦涩

为什么你说话总觉得言不由衷？
为什么你说不出你想说的，
而听者总能听到他想听到的？

挖挖言不及义的根，如同把约定俗成的语言
当成一条根深蒂固的紫藤。不要被朦胧的
月色、花影和暗香迷惑，总有好心人提醒。

不过，告诫总被当作耳旁风，因此不妨
把晦涩当作构成诗的常识，就如现实
总被日常生活别有用心误解一样。

应当正面理解：诗的晦涩如竹林幽径，
有荫凉有遮蔽，有分岔有悬念才引人入胜，
诗的直白则失之于直肠子的胡同不拐弯，狭窄于

占道经营灰头灰脸的小商贩吆喝得起劲，
却变不出诗意的新花样。因此，新，
往俗里说，更像新娘子坐洞房戴的红盖头，

的确会带来妙趣横生，半遮面的琵琶更善于

撩拨中枢神经的蠢蠢欲动。因此更准确说，

新诗骄傲于它是太阳底下无新事的唯一例外。

2016 年 11 月 29 日

除夕暴徒

除夕夜，熟悉的陌生人老王在楼下
放鞭炮。黑暗中的老王，看不清

他暴徒的面孔，他嚣张的掩耳盗铃的爆竹声，
他刺鼻的打着传统幌子的自虐虐人的硫黄味，
挑逗着六楼老张我暴跳如雷欲为民除害的小神经。

我打开封闭的双层玻璃窗，
端起一盆洗脚水——

月桂树下，嫦娥叹息对吴刚：
"年年岁岁花相似，
我已多年未回乡。"

吴刚对曰：
"故乡不可回，雾霾迷我路。
耳目皆污染，鼻息难畅通。
举世少清濯，除夕暴徒多。
老王燃烟花，老张泼冷水。
人心已不古，地球亦报废。
故乡不可回，高寒且藏身。

月宫虽寂寞，抱朴见素心。"

2015 年 2 月 20 日

春 分

从内务部东街横穿过去，
赵家楼是五四运动的春分。
往事总在历史的胡同里，
像初春的柳条摆动被人随意
打扮的腰肢。说真的，
不性感，不青春，
稍显僵硬而变得抽象。
不妨具体说，今日春分，
龙又抬头，而你头发乱糟糟，
说玄点儿，你仿佛从唐朝穿越
而来，免不了风尘仆仆；幸好
你怀里藏的柳枝，还带着
唐诗的晨露和朝气——
抬头望，那老态龙钟的柳树
还是春分日的主角，枝条嫩绿
且鲜明，衬托着蓝天的高远
和你的好心情，仿佛一阵风吹来
就消融了生活和诗歌之间
古老的冰冷的敌意。
说容易也容易：一变脸，
化干戈为玉帛；一回忆，

曲江池边衣衫薄，
春分阅尽长安花。

2015 年 3 月 21 日，农历二月二。

花的噩梦

北京沙尘暴。从六楼紧闭的玻璃窗
望出去，就像世界末日的黄沙
骑兵，从天边席卷而来，
踏向我们的头顶。

真是一场噩梦——
眼睁睁的，沙尘的风暴蹄，踩过
三月泛绿的树梢和屋顶，钻进
门窗的缝隙，如邪恶的匪徒

闯入良知的客厅，在你的鼻孔
和牙齿间肆无忌惮地横行。
楼下那棵白玉兰，昨天还满树花开
如雪簇，眼下只剩三五朵，

孤苦伶仃如灯灭——
花的噩梦里，鲜嫩的花蕊，
世间一切美的中心，正被沙尘
呜呜作响如专横暴行的鞭子抽打。

2015 年 3 月 28 日

清　明

多年前我在长安城那个窘困的冬天，
爷爷去世了，我冒着夜雪回孟原。
葬礼那日，坟地残雪未消。

十年后惊闻外公去世时，
我在自沈阳返京的火车上，
窗外七月的黑夜，沉重如铅。

一辈辈人都走了，按风俗，
在清明和老人家说说家常话，
仿佛我们还在同一个世上。

我曾把爷爷替兄从军的故事写进
我正式发表的第一篇小说，
后来又把外公离乡学艺的故事

写进另一篇怀旧小说里。
故事都是从上辈人那儿听来的，
写下的故事倒映着我致敬的影子。

是啊，日月运行，风水轮转，

一辈又一辈人会去另一个世间，
就像河水向东，归于大海。

就像此刻我站在清明午后的窗前，
看着楼下花园里一个小男孩把小石子
投进池塘，那泛起的涟漪一波跟着一波。

2015 年 4 月 4 日

影子的军用挎包

我斜背着挎包，走在
光影斑驳的林荫道上。
一低头，那影子在我脚下
晃着肩膀，那满不在乎的样子
像一个陌生的自我有待
重新审视。看，这四月的黑影
仿佛有启蒙的热度，
我的挎包吊在他的屁股旁，
那鼓鼓囊囊的形状，仿佛藏着
绿色的军事秘密：心理地图
肯定卷起来了，爱与忧愁，
恨与悲伤，望远镜和指南针，
一个都不能少；最重要的，
带一顶可折叠的受缪斯青睐的
灵感的小帐篷，准备在五月鲜花
盛开的黄昏安营扎寨。
可以想象——
未来的黄昏，那天边热情的
金黄，就像你昨天穿过马路时
手捧的连翘花，而即将
到来的幸福的五月，真的

会像一束鲜花被你捧在
幸福的手心上。

2015 年 4 月 17 日

谷雨记

五点，听到沉醉的春梦外
麻雀啾啾在叫。谷雨不觉晓，
你还真没见过北京拂晓是什么样子：
路灯亮着，黑暗与光明
交互笼罩的一切都很安详。

吃过早点，挤地铁上班，
铁皮人肉沙丁鱼罐头车厢里，
你很为一个素不相识、挺着大肚的
孕妇担心。在朝阳门站下车时，
你在前边人丛中开路，回头对她说

"跟着我"：仿佛你要对她那将为人母
而感欣然、明净的脸庞和肚皮底下
那个无论魏晋不知汉唐的小家伙
负一个准爸爸的责。

2015 年 4 月 23 日

立夏记

在键盘上敲下这三个字，觉得
夏天在阁楼的玻璃窗外，就像
一只张开扁平翅膀的蝙蝠
被涂鸦在夜色中：得有一副
好胃口，专门对付冰镇啤酒
和烤肉。更重要的，热情

穿上了短袖，苗条和丰满
一齐换上露脐装，想象
靠薄如蝉翼的衣裙领会了
留白的魅力，就连直觉
也比露天游泳池的比基尼
更直截了当。毋庸置疑，

立夏的银河更适合再续
牛郎织女的神话缘：想想吧，
月明星稀，一水清且浅，
没有什么王母能够阻挡
鹊桥上夏娃牵手亚当。
为爱为自由，阿门。

2015 年 5 月 6 日

啤酒时刻

"再来一瓶哈啤①。"
叫一声徐娘半老的老板娘,
微醺地看着清爽啤酒的绿色瓶底。
一怔间,惘然的燕子飞过
似曾相识的虚空的五月黄昏,
你明白到了你的啤酒时刻——

忽将知天命,犹未过不惑。
江畔何年初照月?
初次饮酒是何岁?
何人与你同举杯?
古城落日映何地?
小巷飘雪在何时?

记忆半明半晦,时光不管不顾。
幸福的第一饮,印象模糊了。
一起喝酒的人,杳无音信了。
酒馆在下马陵②密林深处,消失了。

---

① 哈啤,哈尔滨啤酒的简称。
② 下马陵,即白居易《琵琶行》中所称"虾蟆陵",在今西安古城东南城墙下。

夜半梧桐下，雪中远去的背影，
却愈来愈鲜明了。

2015 年 5 月 15 日

瞧，那些云

过街天桥，台阶，云。
你向上走时，仿佛那是云梯，
很容易，很轻快，你就可以
把新自我提升到大朵大朵的白云里。

这两天，云的军团聚集在北京上空，
很白，很耀眼，衬托得蓝天底下
每个人都仿佛有一个好心情，
很开朗，很大度，连眉梢间

一丝因喜悦而起的轻浮，也变得
很调皮，很妩媚。瞧，那些云
把街角那家"小街栗子"变成了
你喜欢诗歌和运动的一个例子。

想想看——
带着栗子登云山，在云层里跳伞，
怎么折腾，怎么特技都不危险，
云很厚，很柔软。

如同一首诗有着松鼠的尾巴，

在林间不管怎么跳跃，怎么攀援，
怎么追逐词语的蘑菇和松果，
都形不散，神自在，兴味盎然。

一言以蔽之：云在离你头顶
最近的地方搭筑了一个天堂——
跳一下，手就能够着，
跳两下，你就变成青云一朵。

2015 年 6 月 12 日

越　界

一只麻雀从窗帘外啄破了
混沌梦的青蛋壳，你犹记得
从飞船上下来，踏上地球
那一刻的陌生和新鲜。
不能怪麻雀太多嘴了，
它啄虫子只是遵循一日之计在于晨，
鸟喙伸向哪儿都不算越界，何况
它还谨记"早起的鸟儿有虫吃"的
古训。这一套地球人的生存哲学
似乎在你的故乡也管用，
有朝一日你返乡时带一只麻雀
算不算越界？尽管它灰头灰脑，
捕食的动作却快速又灵巧。
第二次大洪水席卷地球时，梦中飞船
可比昔年诺亚方舟宽敞多了，
麻雀五脏俱全也占不了多大地方。
眼下你得穿衣洗漱，挤地铁上班，
在日常生活身在曹营心在汉的秩序中
扮演不越界的角色。麻雀自在窗外
觅食，暂且相安无事。

2015 年 8 月 4 日

暗夜云朵

凌晨两点的三亚，云朵真像

夜晚的花朵，硕大丰满，边缘

随风变幻，在远山黑色的剪影上边，

妩媚不让妖娆。宁静的海面映照着

棕榈树的低眉和各色度假酒店的顺眼，

而一闪一灭的灯红酒绿，远远看去，

就像暗夜云朵的小跟班。

不错，海湾上空那盛开的云的花朵，

仿佛暗夜美的中心，周围一切

都方寸大乱，美却静若处子——

仿佛一首诗，无需铺垫，

第一行到最后一行，

都完美得无瑕。

仿佛一场爱，无需猜疑，

第一眼到最后一刻，

都高潮得无语。

2015 年 8 月 18 日，海南三亚。

茶思，或茶的小夜曲

喝茶，漫不经心。先想到
华罗庚，洗茶具还是烧水先？
还有冬天的晚上，围炉夜话
煮红茶，不同的冬天，不同的人。
更多的，是你在窗前独自看
北风拿个锤，雪花拿个瓢。①
偶然翻看记忆的黑白胶片，
说不上伤感或留恋。大胆想，
地球转动，宇宙苍茫，但不知
站在哪个角度才能看见这景象。
茶杯在手，不小心，上腭被烫了
一下，舌尖本能地赶紧上前抚慰。
空空荡荡的露台，夜的怪兽张开嘴，
你仰望夜航飞机飞过头顶的蒙太奇：
那舷窗边，你一边喝橙汁，一边鸟瞰
大地无边。一转脸，你把茶思或
茶的小夜曲搁进一行行词语的田垄，
把时间和键盘狠狠敲打了五分二十秒钟。
这当儿，地球和月亮银河中交错，

---

① 北风拿个锤，雪花拿个瓢，即歌剧《白毛女》中唱词"北风那个吹，雪花那个飘"。

还有谁会日夜兼程，来赴古诗
和新诗的八千里路云和月？
无僧推敲月下门，
你亦不用闲敲棋子落灯花。
曲终人不见，
一杯苦茶已微凉。

2015 年 9 月 17 日

老掉牙记

第一颗牙松动时，你用手一摸，
它竟然脱离牙床，一点儿也不藕断丝连。
你只好食指与拇指作虎口钳状，夹着
绝情的牙，带一份莫名的惊诧，
把它放到床头柜上叶芝诗集的旁边。
接着，你觉得第二颗牙也不对劲儿，
用手一探，它也嵌在拇指与食指之间，
牙床间留一丝血腥的微甜。你无奈又带些
恶作剧的，把它放到第一颗坏牙的旁边，
有个伴儿，不孤单（无兄弟，不篮球）。
然后，你就有些蒙了，第三颗，第四颗，
第五颗……你的手开始发抖了，天可怜见，
分分钟之内，食指与拇指成了那些背叛者
（无耻牙齿）的搬运工，在牙床和床头柜
之间往返不停……一刹那，你醒悟"你老了"，
你的脸上开始有泪水，不由自主开始抽泣，
既而恸哭不已——直到从梦里醒来，
仍闭着眼，舌尖一探寻，牙齿硬硬的，
都还坚守原地。额滴神啊①，庆幸之际
你依然心有余悸，衰老让你害怕，

---

① 额滴神，即我的神，my god.

你真切地感受到恐惧。"当你老了"，
尽管是在梦里，你第一次感觉叶芝
那广为传诵的诗，什么"朝圣者的灵魂"，
什么"爱你痛苦的皱纹"，多么言不由衷。
俗话反说，老牛谁不想吃把嫩草？
看那老掉牙的老牛，夕照里卧槽反刍流涎水，
那酒神般迷醉之神情，仿佛在吟咏抒情诗。

2015 年 10 月 12 日

遵义行

——致文轩师

在遵义，无论坐在哪儿，
躺在哪儿，一抬头就能看见山。
你情不自禁感叹，藏在山里，
才是遵义真面目，水和人

才更青春，而青春的意思
不是有一颗红心，红得
无需动员就做好两种准备。
青春，在遵义更接近于

空气清新，光线更明亮于鲜润，
青山绿水得更妩媚，天真得
更孩子气十足。在遵义，红军巷
屋檐下，马路旁，麻雀啾啾得

理直气壮，仿佛你是森林的访客，
深呼吸才显得有情有义。

2015 年 11 月 5 日，贵州遵义。

黄果树行

在黄果树，可以谈谈信仰，
因在瀑布底下，你常采取的
姿势是仰望。把黄果树比作
山水画，毋宁说大瀑布更像
一座大教堂。山谷水雾弥漫，
让灵魂湿润，上上下下台阶，
又让筋骨经受磨练，更不消说
保持仰望的姿态对你昨晚的落枕
大有神益。更有趣的，钻进
水帘洞①，每个人都神话般把自己
当作孙悟空，一旦自我膨胀的脑袋
被突出的钟乳石撞得火辣辣疼，马上
就有洞顶的水滴跳下，对伤痕予以
清凉的抚慰，就像生活刚对你念了紧箍咒，
于心不忍赶紧又念松箍咒。等你
迂回到瀑布上游，却发现河塘平静得
像穿僧衣的和尚打坐默经，谁能料到
几分钟后水流一变脸，奔腾咆哮，
叱咤直下三千尺？

---

① 水帘洞，黄果树瀑布景区一景点名。

忆霞客①，当年山川今仍是，
在自然层层叠叠的壮丽面前，人
难免不起渺小之感。
苦海无边，灵与肉，泪与笑，
因与果，回头时你信仰哪一处岸？
告别黄果树，经安顺，在一家
花江狗肉铺前，你咽咽唾沫，转身
离去，仿佛你开始相信狗被烹后，
仍有一颗石榴籽般晶莹的灵魂永驻。

　　　　　　　2015 年 11 月 8 日，贵阳龙洞堡机场。

---

　　① 霞客，徐霞客，景区有一座亭子纪念这位曾游历黄果树瀑布的探险
家。

朋友李

朋友李，去年辞了职，
卖了北京的房子，在

云南大理买了一处
面朝洱海的屋子。

朋友李原是出版社的美编，
去大理还带着在北京买的红木门板。

听说他自己设计、装修屋子，就像
给一本心爱之书画插图，做封面。

现在，朋友李住着洱海边的屋子，
过着神仙般的日子。

此刻，你一边敲打冬夜的键盘，
一边抹去嘴角艳羡的哈喇子。

你和我一样，都像一头牛或一头驴，
围着谋生的石碾子，转着春夏秋冬的圈子。

2015 年 11 月 18 日

小雪记

昨日小雪①，北京大雪。
天气预报说，近日气温骤降，
将是三十年来最寒一冬。
听起来有点儿危言耸听，像
一部悬疑小说的引子，仿佛
冰天雪地里正藏着骇人的秘密。
下雪天，其实常被当作童话国的
背景和天真的温床，连大人们
在鹅毛大雪漫天飘落时，都一个个
变得孩子气，不戴帽子就举着相机手机
跑出去拍照，小孩子就更天真得
任性十足，打雪仗打得性起，干脆就
小狗一样在积雪的草坪中打滚儿。
堆雪人，是免不了的，而且
为了发微信，雪人也得有创意：
僵尸的话，要配一条妖媚女权的
红丝巾；要是天使，则可
一只眼睛蓝，一只眼睛红，
看起来得像嬉皮士·范。
下雪天，其氛围更适合咬文嚼字：

---

① 小雪，11 月 22 日，节气小雪。

从柳絮因风起到白狗身上肿，
从千树万树梨花开到原驰蜡象，
各有各胃口，各有各抱负，
仿佛雪国更民主，更适合继承
抒情言志之诗统。更现代点儿，
下雪天，看每个人异曲同工的
兴奋劲儿，你不禁怀疑天地间
被一个更大的白色阴谋笼罩，
那铺天盖地，飞扬妖冶的雪片，
更像神出鬼没的不可知论
抛洒的迷幻剂——
雪天，雪国，雪人，
都脱离了日常生活的正轨，
都痴迷于上演随心所欲的变形记。
更合理的解释是，你的疑心
出自你的妒忌，你把所谓真实
当成浪漫的解毒剂，只因你偶感风寒，
困在屋里，望窗外白雪世界晶莹剔透，恨
不能跳下去一亲芳泽，就只当西西里
有一个短暂的美丽传说——
短暂得像青春期青春的迷茫，
迷茫得像乡村小教堂的圣母像，
一眨眼是慈母，一恍惚若女神。

2015 年 11 月 23 日

学诗记

　　大巴车开出了黄果树，
　　车厢宽敞得让你以为这里
　　刚经历了一次大撤退。乘客
　　散坐四处，保持与人为善的距离，
　　仿佛心照不宣地宣称
　　每个人都是一个独立王国。
　　你倚窗而坐，撩开竖条绿布帘，
　　不时闪过的山区景色
　　让你恍惚进入似曾相识的风光片：
　　山在起起伏伏，蓝天白云也有
　　跃跃欲试的冲动。
　　你心头一沉又一跳，照以往经验，
　　这是隐秘的灵感使障眼法，
　　欲盖弥彰打着心动的旗号降临。
　　你轻车熟路，打开手机印象笔记，
　　写下诗题"黄果树行"，写下
　　第一个句子，字迹歪歪扭扭，
　　像一条灰白的山路，不知要伸向
　　何处。既已出发，那兴奋劲儿
　　就像你踏上赴巫山之约的曲径通幽处。
　　第二个句子，你稍稍迟疑了一下，

仿佛在密林深处的岔道口要分辨一下
哪条道会带来更微妙的愉悦感。
很快你下了决断，第三个句子流畅得
像山涧欢快的小溪顺流而下。
一个句子紧接一个句子，谈及超验和
信仰问题，节奏缓和下来时，
你扭头看见路旁有一处池塘，
像镜子一样映着一朵白云：要不要
把童年河边戏水捉鱼的经历写进去？
个人体验能否作为宗教的基石？
会不会因时光遥远印象晦暗而打乱了
歌行体灵巧的脚步？毕竟远行人
背着往事的行囊会显得心事重重。
删除池塘。把自我抛到一边。
启用白色的橡皮功能，涂抹掉
一个蹩脚的稍显夸张的比喻。
不自觉的夸大就像过度的抒情表白，
让你不自在，让你觉得生活过于戏剧化
就像往水里掺了酒，比往酒里掺水的
不良商贩更让人抓狂。
客观点儿，车厢里很安静，有人埋头
看书或玩手机游戏，有人靠着椅背打盹，
这景象现实得像一个人从不做梦，
而不做梦的人多半丑陋得一脸官僚气，
只认升迁和既得利益。
视野开阔点儿，从车窗眺望

弯弯曲曲的盘山公路
给青山妩媚的文身，
缠缠绵绵得像婉约派。
多情就免了，诗已延伸到
象棋中局，冷静的棋手，要保持理智，
热心肠的，更要心平气和：
一切皆有可能，诗的结局
就像人生的下半场，有因
就有果，善恶皆有报。
大巴车拐进安顺东门口，先保存好
诗稿手迹，把手机装进上衣口袋
靠近心脏的位置，仿佛未完成的诗句
会暗自描绘诗言志的心电图。
把诗且搁在一边，下车吃午餐，与旅伴
聊天，一边谈眼前大街上安顺的民俗民风
如何朴实得像一本素描书，你心底
还惦念着写了一半的诗也许
能沾点儿"安顺"这个名字的
好彩头儿。有时候，适度的迷信
更受缪斯女神的青睐。
安顺，安顺，你盘算着要为一首诗
在安顺住一宿，就像为了美，
要谈一场善始善终的恋爱。

2015 年 12 月 17 日

还乡记

火车驶离熟悉又陌生的站台，
似乎无限延伸的铁轨
正铺开你的还乡记。
车轮撞击节奏也在"哐当，离乡"
"哐当，还乡"之间纠结，
仿佛隐晦于一轮金黄的圆月下，
闰土确是迅哥儿的亲弟弟。

还乡，原上土路变成了水泥路，
上房木屋变成了二层灰砖小楼，
自行车换成了摩托车，
电视机换了液晶屏。变化
大，快，都让人惊讶，仿佛
多年不变的，只剩下村头电线杆上
铁皮喇叭反复播放三十六哭①。

老人老去了，有年纪轻轻的也暴病离世：
"去年冬天一个村里走了七个人。
怪病，瞎瞎病多了。"
生与死的距离仿佛缩短了。

---

① 三十六哭，秦腔《下河东》的唱段。

青年人大都出门打短工，扛长工，
有的还带走了孩子：村道里，
小学校里，更寂静了。

离乡，大巴车穿过灞河桥。
一道溪流自南向北，把你的目光
引向远处灰黑如一堵寨墙的白鹿原。
河道蒿草干黄，似潦草书写的
历史漫长得无趣：冬日单调的颜色
只适合镶嵌无关痛痒的风景画，
可远观，而不可置身其中。

不免叹息人比画更冷硬于线条，就像
此刻你在桥边，却看不到细长柔软，
飘拂着历代送别诗的灞柳。
桥头菜市场地摊上，横七竖八，
摆满甘蔗、橘子、柚子、
莲藕、萝卜、蒜辫、
红薯、白菜、大葱。

还乡，离乡，情都怯。
冬夜清冷的月亮，深呼吸
呵出的白气，乡村见闻
引起的焦灼、叹息、愧疚、
愤怒、惶恐、隐忍、麻木，
如一堆杂乱无形的粗重墨点，

被夜行火车的巨手拖曳着

拉扯着，在起起伏伏的中原腹地
拼凑成一幅完不成、抹不掉、
回不去的还乡图。

2015 年 12 月 27 日，西安返京途中。

辑三　陌生地的夜与昼

（2011—2014）

马年寄语

黎明即起，穿衣洗漱，
吃茶上路，踏进蛇一样的地铁。
闭眼一想，巳蛇将逶迤而去，仿佛
能听见春天奔来的马蹄声若断若续。

友人啊，你门上的春联还是前年的吧。
八千里路云和月，二十年前
我俩坐在渭河古渡小酒馆对饮，
少年闰土如今已是五个孩子的父亲。

世事沧桑就沧桑吧，
人情冷暖你我也会按季换衣。
"吃着地沟油，操着中南海的心。"
民间多高手，这俏皮话多黑色幽默

多魔幻多现实又多么主义，简直可以
得诺贝尔文学奖了，瑞典那帮老头儿
得为颁奖词操心了。"惊风雨兮泣鬼神"，
多情的杜甫从唐朝这样建议。

想想吧，李贺为写诗骑马背布囊，贾岛

朱雀街头推敲韩愈的坐骑，陆游细雨骑驴
入剑门，而我只是在岁月隆隆作响的地铁里
闭目遐想，能否在马年成为面朝大海的骑手？

或给远方的友人画一匹足踏祥云的马，
给儿子的游戏里添一匹穿山越岭的马，
给老家的厩棚里拴一匹筋骨壮实的马，
给大地上彷徨的人一匹雪中送炭的马。

2014 年 1 月 23 日

北京初雪·隐

雪纷纷扬扬，我站在
清晨六楼的窗口刷牙。

人行道上，一个穿棉衣戴棉帽，
斜挎背包的人踽踽独行。
嗨，那就是十分零九秒后的我，
裹在北京漫天飞舞的初雪中。

就像一匹要在雪中隐身的白马，
像一匹斑马隐身斑马线，
一条小路隐身白桦林，
一名滑雪运动家隐身冬奥会。

像时间隐身空间，
古诗隐身新诗，
我隐身于你。

2014 年 2 月 7 日

浅　绿

从地铁车窗望出去，
浅绿的柳条让我着迷：
四月的颜色中，浅绿似乎
只是迎春花、白玉兰、夹竹桃的

背景，我却没来由似的喜欢它——
那种浅像自然的天真，烂漫点儿说
是绿的儿童时代，可不是
春风的剪刀能随便裁出来的。

浪漫的诗人爱把浅绿柔情的摆动，比作
妙龄女子多情的细腰，我也多半同意。
不过，现实点儿说，我倒宁愿
手机壳是浅绿的，仿佛可以

把春天的消息握在掌心里。
秘密点儿说，在清晨的地铁里
读臧棣诗集 "慧根" ①，那 "丛书" 体
在我眼里就是浅绿的。

2014 年 4 月 9 日

---

① 《慧根丛书》，臧棣诗集。

问寒山

从下午四点一刻的地下铁
钻出来，北京大风吹弯树腰。
斜阳晃眼，戴着墨镜仰望
国贸中心三百米的欲望尖顶

之上，群象似的云朵在踱步。
那唐朝的云里住着诗人寒山，
据说有人向他问路，
却从未听见他的回答。

2014 年 5 月 4 日

请把艺术哲学具象化

来，请把艺术哲学具象化，
东北大馅饺子馆的哲学家。

落地玻璃窗外，走过
一男一女金发碧眼俩老外，
趿着世界的拖鞋周游。
请问：你俩是情侣吗？从哪里来？
到哪里去？黄昏紫禁城是否让你俩
情不自禁？金水桥畔你俩是否会
共赴巫山云雨九点钟？

谈哲学，你相信逻辑还是直觉？
艺术的本意是掩饰赤裸裸的色欲？
三枚燕京啤酒瓶盖是否开启了
你钻研多年的密不透风
无懈可击三段论？
你莫名其妙的醉意是否洇染了
七月天空一碧如洗水墨画？

谈具象，一碟五香花生米可数不尽
你已过不惑将知天命的沧海桑田。

不过，你尽可把盘中仅剩的五个海鲜饺子，
当作地中海珍珠般散落的爱之岛或恨之屿。
嗨，哲学家，街头诗人，是否再来
一瓶冰镇普京？

那掀开彩条门帘进来的短裙女子，朱颜芳唇，
美目盼兮巧笑倩兮，是否可作艺术哲学的
最佳具象或饺子馆即兴诗酒力不胜香艳之结尾？

2014 年 7 月 28 日

六〇后，老花镜

这么早就开始戴老花镜了，
就像不惑与天命的距离在缩短。
这么早就开始回忆了，
就像蛇在深秋进入冬眠。

看书时故意把老花镜放在一边，
孩子气的举动减弱不了十分钟后
字里行间的模糊，灰心和疲倦。
对衰老说不，打乒乓球前先刮掉

不甘心的胡子，穿上淘宝淘来的
黑曼巴①绿 T 恤以示青春的尾巴犹翘，
被逼入远台时亮出绝招直拍横打回马枪，
弧线优美力道不减，掩饰迷惘的困兽犹斗。

六〇后，晚生代，
这么早就开始回忆了，
这么早就开始戴老花镜了，
这么早就不再摸着石头过河了。

---

　① 黑曼巴，一种毒蛇，NBA 球星科比的绰号。

六○后，两面派，这么早
就在诗和现实的夹板中间灰头灰脸了，
就这么对晦涩的现实侧目而视，对诗的结尾
露出一丝自嘲又略带甜蜜的微笑。

2014 年 8 月 7 日

饮　茶

徐兄，十多年前，
你和我常到东六路逛书店，
然后一起吃饭，喝啤酒，
一起打乒乓球，看欧洲杯。
那时我已过而立，你刚过不惑。

转眼，下雨了，深夜的北京，
玻璃窗"滴滴答答"，像发岁月暗语的
密码似的，一阵秋雨一阵凉啊。不知
长安城今晚是否也秋雨打梧桐?

徐兄，近来一切都好吧?
你抽烟少些了吧，最好戒掉。
酒也少喝点儿，毕竟年岁不饶人。
可以多喝茶，我给你推荐一种饮法：

绿茶适量（最好富硒的），
加大红枣三四颗（掰开成条状），
桂圆三只（要去壳），
冰糖四五块（单晶的最好），
开水冲泡五分钟即可。

请用透明玻璃杯，徐兄，你会看见：
轻骑兵一样的绿色如何回旋，
红色的启蒙如何被层层包围，
乌黑的沉默如何在森林深处发亮，
君子之交的白色如何消逝于无形。

     2014 年 9 月 11 日，赠徐晔。

以诗之名

诗是竹篮打水剩下的满满的空，
是此情可待成追忆那若即若离的追。

诗是长安城 1995 百花深处小酒馆，
杨争光伸长脖子唱《下河东》。

诗是茅屋夜雪孟原路，
一瓶西凤就两斤酱牛肉。

诗是凌晨四点半望望窗帘透出微光，
半梦半醒之间怅然若失的失和怅然。

诗是梦里沙滩上留下的浮士德似的
比恋爱中的莎士比亚还纠结的
走走停停的两行脚印。

诗是"为她打一场战争是值得的"的海伦
听到木马踏进特洛伊时脸红心跳
紧紧捂着胸口的一双折梅手。

2014 年 9 月 23 日

陌生地的夜与昼

我们都曾乘火车或汽车，
到从没去过的地方。

暗夜行路，窗外陌生的风景
让我们新鲜，长途跋涉的困倦
又让我们沉沉入睡，任由车轮
裹着一路风尘驶向更远的陌生地。

一觉醒来，我们站在异乡的曙光中。
一切那么陌生，又那么熟悉，就像你
反复做的同一个梦，梦中小路曲里
拐弯的地方，你没到之前都一清二楚。

这种奇怪的感觉我们也经历多次了，
就像风吹过了 2012 的最后一夜，
我们此刻站在 2013 的异乡了。

一切那么熟悉，又那么陌生，就像你
明白却无法看到地球那无形车轮的旋转。
哦，这一个个裹着不可知的命运披风
扑面而来的夜与昼。

2013 年 1 月 1 日

观影记：哈姆雷特

哈姆雷特迈着思想巨人的步子
忧郁，独白，延宕复仇的时机，
才是真正的哈姆雷特。

当他与雷欧提斯决斗，相互追逐，
已不是丹麦王子了，倒像街头巷尾
一言不合举刀砍杀的混混儿。

高贵的思想如藏在鞘中的利剑，
一旦拔出挥向敌人，就不可避免地
堕入庸俗，成为"无常"抛给人间

永远之嘲讽：甜蜜的乌托邦想象一旦
付诸现实，顷刻变成让人胆寒的毒药。

2013 年 1 月 2 日

谁想搭乘极地特快

一个征战多年的士兵在返乡的路上，
一列迟到的火车开往北极。

一个白衣女子坐在酒店大堂，
一部电影在等待对白。

最后一班地铁在等最后一个乘客，
一个人在等另一个风柜来的人。

一出戏在等待高潮，
一首歌在等待琴键。

一匹马在等待李广似的骑手，
一部小说在等待封装魔鬼的瓶子。

一片黑森林在等雪的款待，
一首长诗在等诗人饮下第一杯酒。

灰蒙蒙的北京，一月的夜晚在迷雾中
等待白昼，你在等待天外一把剪刀
剪开重重阴霾。

2013 年 1 月 31 日

新加坡遇雨

大雨骤降，斜织的热带雨幕后，
似有一个若隐若现的声音。

人世的苦乐美丑都退后了——

万里之外残雪包围的北京，
一夜之隔遥遥无期的异乡。

2013 年 3 月 2 日，新加坡。

战地春梦

春天来了，你可以想象
战场上也开满了星星点点的
野花，壕沟边或废弃的坦克旁。

而你像一只兔子在往事的坑洞里，
蒙太奇一般乱窜：乡村，弹弓，河流，
鱼，县城，铁轨，青春的背影以及

爱情，背叛，闷热的黑夜和啤酒。
不出所料，暴力与血举起了顿河骑兵
鲁莽的马刀，寒光一闪——

你把眼一睁，从不安的梦里醒来。
哦，春天，一只虫子也能
让大地一惊的春天。

2013 年 3 月 7 日

蛇年谚语

鼻子底下是嘴巴，
嘴巴底下是路。

路上面是绊马索似的绳子，
绳子抓在他人之手。

手放在良心上面，
而心捉摸不定。

嘴巴逮不到，
鼻子嗅不着。

幸好，鼻子上面有眼睛，
据说眼睛是心灵的窗户。

那就可以盖一所房子了，
房子旁边修一条路。

路又多像一根弯曲的绳子啊，
别忘了已是农历蛇年。

陌生人问路要警惕，
暗夜行路更要加倍小心。

2013 年 3 月 13 日

梦中遇旧

昨夜梦中，在一条青石板街的
拐弯处，遇见一个相识七年的故人。

君子之交淡如水，偶有来往，
上次相见还是大半年之前。

打招呼叙旧，都说对方
还是二十年前的样子。

早上醒来，惊觉夜里一场大雪，
窗外人行道上，有
深深的脚印一行。

　　2013 年 3 月 20 日，夜深一场雪，梦中故人来，记之。

郭靖摊煎饼

梨园地铁站"无偿献血车"旁，有
一家"山东五谷杂粮大煎饼"早餐车。

热气腾腾中，看那系白围裙的汉子
沉着起落的手形，就像憨直的郭靖
在练降龙十八掌。

我想起一个山东的朋友——
对，没有比"郭靖摊煎饼"这个形象
更能表达我对这位山东兄弟的赞美了。

2013 年 3 月 26 日，赠李云雷。

梦回唐朝

昨夜梦里，我站在唐朝的岸边，
听到一个男人在吼秦腔：
"江河奔流……看，多么壮丽……"

他的拖腔拖得像九曲黄河一样长，
一直长到我起床，洗漱，吃早点，
乘犬儒主义的地铁从东五环到

东二环，戴墨镜步行二十分钟穿过
长安街，进办公室，和"早起的虫儿"
老马打招呼，把一盆马蹄莲放到书桌上。

2013 年 5 月 15 日

马蹄莲①

马蹄莲开放，
白色的马蹄跨过鸭绿江。

马蹄声渐远，
马蹄莲枯萎。

发黑的花叶在玻璃瓶中，
依然有让我一惊的美。

2013 年 5 月 30 日

---

① 在朝阳门地铁口买了一盆马蹄莲，玻璃花盆，养在书桌，不到一周即枯。

雨打露台

雨淅淅沥沥，打在七楼露台
高高低低木架上大大小小花盆里

那些月季、紫藤、茉莉、芍药、
豆角、青椒、黄瓜、番茄的枝叶上，

和你仰起的滴水观音似的脸上、
河蚌一样大开的嘴巴上。

2013 年 6 月 22 日

露天电影

散场后，四乡八村的大人孩子，
像一串串散落的珠子，沿着

月光下沟沟壑壑间的小路，
愈走愈小了；不时有手电筒的光柱

在夜空晃动着，两道光交会时，
就像隔着河握手致意。

你会看到一道劲头十足的光，
向闪烁不定的大熊星座延伸。

那是上世纪七十年代八九岁的我，
看完露天电影一个人爬坡越岭回家。

那个兴奋的一边向路边撒尿，
一边把头顶的银河当银幕的我。

2013 年 6 月 26 日

东窗赏月

月亮爬上对面的斜屋顶，
又顺着黑色的烟囱往上爬。
笔直的烟囱，就像圆月
百年修得同船渡的切线。

夸张说不到一袋烟的工夫，准确说
是你站在东窗前喝了两口茶，
圆月已挣开烟囱藕断丝不断的牵连。
顿时，夜空变得开阔了，月亮

仿佛变小了，变轻了；换个比方说，
月亮就像一朵白色牵牛花，
刚刚挣脱了一头牛的羁绊。

2013 年 7 月 25 日

秋夜一梦

一夜秋风忽入梦，
黄叶满地远山瘦，乘着
梦的滑梯，正好去郊游。

在梦里，啃着清炖排骨，
喝着红星小酒二锅头，
不担心煞了长城红叶好风景。

在梦里也不奇怪从滑梯的快感
俯冲时，偶遇长安的旧识赵，
燕京的同事钱。

只稍稍有些诧异，据我所知，
他俩并不相识，却像多年老友一般
勾肩搭背，好不亲热。

中途又有孙、李两位数年不见的
同窗（中学孙、大学李）跳上滑梯，
似乎他俩已等候多时，早有预谋。

翻开小说《欲望地理》，读到

"被赶出乐园后，夏娃开始打扮了，
亚当却在田里劳作和流汗……"

我无暇顾及，呼啸的风
已把我带到香山脚下
一首山水诗的镜子前。

我能否穿镜而过，如崂山道士
来去自如？我能否在一盆秋水中
系住边塞诗动荡的扁舟？

2013 年 10 月 23 日

暗夜出租车

没赶上十一点的地铁末班车，
在天桥下听到黑"面的"司机吆喝：
"通县二十，通县二十，
再晚您可就得走回家啦。"

钻进黑咕隆咚的车厢，里面
已挤着四个缩在黑暗中沉默的人。
"嘿，凑合着挤一挤，再挤
也比你走路回家强啊。"

弯月在摇晃的车窗外摇晃，
车灯刺不穿暗夜的铠甲。
"这路面不好，可是近啊，
你就忍忍，一会儿就到家了。"

暗夜出租车穿过一座石拱桥，
朦胧中河水发出可疑的扑通声。
"这会儿可没警察了，喝两口
小二①，嘿，真他娘的爽啊。"

---

① 小二，指小瓶二锅头酒。

那缩成一团的四个人一言不发，先后
在几个陌生的路口下车，像哑巴消失在
暗夜出租车隆隆引擎声的尾巴后面。
车厢空荡荡的，又像被绳索捆紧。

一片黑夜的丛林边缘，
一条从未走过的林中路。
"从这儿能穿过去，你得再加二十，
路这么远。不加，你下车坐 11 路去吧。"

暗夜出租车掉转屁股扬长而去，冷风
穿过树梢，钻进衣领细数你的肋骨。
可得走好一会儿才能到家，
可得走好一会儿才能到家。

2012 年 1 月 16 日

哦，兄弟，你们去了哪里

这个浓雾弥漫的早晨，
北京地铁异常空荡，
公交车也比往日空旷。
哦，那些你踩我脚我挤你腰的兄弟，
你们去了哪里？

你们在返乡的路上吗？扛着大包小包，
乘火车，坐汽车还是骑着摩托一路颠簸？
买车票折腾多吗？票贩子加了多少？
进站过安检顺利吗？包被戴红箍儿的三角眼
翻了几次你又默默捆好？

要回家过年啦，工钱发齐了吗？
多久没见到父母？多久没看到妻子儿女？
你是和女友一起回家还是准备回家相亲？
在工地上压折的腿好利索了？还瘸吗？
上次跟人打架被刀刺穿的手掌是否留下伤疤？

你是和老乡搭伙结伴还是独行侠？
路上你们一起喝酒吃肉，打扑克，聊天，
还是你独自泡方便面，翻一翻手机上的照片？

碰到雨雪车抛锚，是苦等救援还是徒步跋涉？
你的山寨耐克鞋是否经得起泥浆浸泡？

在老家跟多年不见的朋友见面，你是一笑泯恩仇，
还是要把趁你不在欺负你老婆的家伙打翻在地？
你会去看过去的老相好吗？
乡里乡亲，哪家添了新鲜的面孔？
坟场里又堆了几座对世界失去耐心的新坟？

龙年是怎么打算的？2012 末日预言你信吗？
那最后一根稻草似的诺亚方舟你挤得上吗？
还是你根本就不逃，选择闭目打坐或最后一次
冲那从天而降的洪水竖中指？
假如有这一天，你最想和谁一起过？

哦，兄弟，你们去了哪里？
北京今天雾大，那些你们熟悉的建筑物
如鬼影幢幢。过完年你们还回来吗？
我想象你们骑着白马，背着行囊，
从重重迷雾中——闪现。

2012 年 1 月 19 日，农历腊月二十六。

酒鬼的特征

我和七岁的儿子逛超市，
他在冰柜里挑了几支冰淇淋。

走过啤酒架时，我驻足观瞧。
"爸爸，我发现你有酒鬼的特征。"

"为什么?"
"因为我发现你总爱喝酒。"

"哦……" 鬼沉吟良久，
离开时，把酒留在原地。

2012 年 5 月 1 日

咸阳古渡

那年，我和老马出差到秦地，
乘大巴车穿过咸阳桥。

时值黄昏，我指着窗外叫道：
"快看，西风残照，汉家陵阙!"

老马年过半百，
不为所动。

2012 年 5 月 23 日

三代人

我带七岁的儿子在烧烤摊吃夜宵，
坐在露天的塑料圆桌旁。

儿子专心吃着烤肉，
我喝着啤酒。

我想象着：三十年后，儿子
也会带着他的儿子

在夜市吃烤肉，
他在一旁喝着啤酒。

2012 年 6 月 18 日

刀削面馆十四行

华灯初上金宝街，
你坐在巷口一家刀削面馆里，
听邻桌三个民工大叔（中间那个
瘦而黑的脖子上搭一条羊毛肚手巾）

分别用皖、鲁、豫三地方言聊天，
粗喉咙大嗓子不时蹦出几句带京韵的
"我草"，也不忘招呼晋地老板娘
兼跑堂给茄丁刀削面再加一点儿

西红柿鸡蛋卤（看得出他们是老主顾）。
有那么一刻，你感到自己像一匹马
回到马群中间：你把油泼菠菜面

吃得"呼噜呼噜"响，浑身毛孔
幸福地张开，还不忘向老板娘用秦腔
叫一声："给额（我）来一瓣大蒜。"

2012 年 7 月 3 日

马尔代夫

马尔代夫，上帝写在印度洋上的俳句。

坐在一个小岛的海滩上，我，安静的鲁滨孙。

2012 年 7 月 31 日

谁在筷子那端看我

终于在"川渝人家"坐下来歇口气，

把老醋花生米一粒粒送进嘴巴，

把燕京啤酒一口口呷下，

打着嗝儿回想一天的奔波——

黎明即起，挤地铁上班，

转两次车，出一热一冷两趟汗，

找一个作者谈稿子（为一家出版社跑腿），

回办公室，打电话催三校样，

与同事老马谈钓鱼岛和叙利亚局势，

上 QQ 与一个朋友聊黄金周打算，接听

几个保险、中奖、法院、房产中介的骚扰电话，

审稿（用红笔对碍眼的字眼刺上几剑）——

酒渐酣，顺着夹花生的筷子望过去，

窗外的月亮已升到树杈了，

地球追着太阳奔到中秋了，

不知太阳绕着银河跑了多少圈？

不知银河在宇宙飘了多少年？

你尽可以想象——

一道来自暗黑星球的目光，

顺着筷子的另一端看过来：

月亮，树杈，花生，地球人的一双醉眼。

嗨，喝高了，一个空酒瓶能否装得下

宇宙盲目的泡沫？

2012 年 9 月 17 日

外星寻人启事

昨夜梦里，仰头看见
一个巨大的飞行器缓缓
在深蓝的星空移动。

久违了，多么熟悉又多么陌生。
忽然惊觉，这是二十多年前
我反复做的一个梦。

我和你从那闪着暗黑金属光泽的
机翼一角滑落下来，像
地球上的蒲公英被罡风吹卷。

此刻你在哪里？你昨夜是否也梦见
二十多年前那深蓝的星空？
那闪着暗黑金属光泽的蒲公英？

你也许和我一样入乡随俗，有一张
人类的面孔，使用人类的语言，
甚至一遍遍体会人类的苦乐悲欣。

也许你和我曾同船共渡，江湖上

擦肩而过，衣袖交错时都听到
宿命那丝绸耳鬓厮磨似的微响。

可我和你如何相互辨认？我怎样确定
你是否知道你我一起被放逐的缘由？
你我能否脱掉人类孤独的皮囊？

2012 年 12 月 7 日

那些雪

雪是好的，要有雪。
那些千树万树梨花开的雪，
那些落在湖心亭上的雪，
那些祝福之夜飘在鲁镇上空的雪，
那些落在一切生者与死者身上的雪。

雪是好的，要有雪。
那些落在东征十字军盔甲上的雪，
那些落在 1812 年莫斯科郊外的雪，
那些 1942 年黄河落雪静无声的雪，
那些 1962 年燕山雪花大如席的雪。

雪是好的，要有雪。
那些落在你五岁时关中老家牛棚上的雪，
那些你八岁时在打麦场上打雪仗的雪，
那些二十世纪最后一夜飘在长安城千年墙头的雪，
那些九年前落在未名湖就不见的雪。

此刻，北京窗外进入玛雅末世预言①倒计时的雪，
雪是好的，要有雪。

----

① 末世预言，玛雅人预言 12 月 21 日为世界末日。

新鲜的雪，如神秘礼物的雪，
让你悲欣交集的雪。

2012 年 12 月 12 日午后，雪中写。

鲁滨孙的幸福①

初到这个岛上，
鲁滨孙望着天边的一片云，
把它当作命运船上的帆，
他把岛命名为绝望岛②。

多年以后，
鲁滨孙望着地平线上的帆，
把它当作天边的一朵云。
那个岛，他称作幸福岛。

在地铁里，我把身边一个
蓄着大胡子的人当作鲁滨孙。
幸福的人啊，你是否把我当作
一个刚刮过胡子的礼拜五？

2011 年 1 月 25 日，赠寇挥。

---

① 鲁滨孙与礼拜五，笛福《鲁滨孙漂流记》中的两个人物。
② 绝望岛，又译荒凉岛，典出《圣经·旧约·以赛亚书》。

太阳照常升起

太阳照常升起，
虫子从土里爬出来，
蜕壳，交媾，死亡，
鸭子在江水中游。

太阳照常升起，
万木复苏，生长，
枯叶在土里腐朽。
城市高楼林立，脚手架

拆了又建，街上行人如织。
太阳照常升起，
这一天有许多人离世，更多的
孩子啼哭着到来。

太阳照常升起，
从东边窗口照进来，我念叨着
"太阳底下无新事"，却疑惑
脚下的光线仿佛每一刻都是崭新的。

每一次呼吸，都仿佛是所有呼吸的第一次，

每一个虫子蜕壳，都是虫子的第一次，
每一片叶子飘落，都是秋天的第一次，
每一只鸭子，都是春江水暖的第一个先知。

每一个人的死亡都仿佛是第一次让人悲伤，
每一个孩子的第一次啼哭都是第一次
给人世带来喜悦——太阳照常升起，
仿佛每一次升起都是幸福与痛苦的第一次。

2011 年 3 月 15 日

窑洞启蒙的美丽传说

我们那儿不在陕北，也有窑洞，
在村外的黄土崖上。以前住过人，
据说是防土匪。二十世纪七十年代
我们村没拉电线，有三台半导体收音机，
没有拖拉机。有一次公社下来一台红色拖拉机
支援我们村春耕，村里半大的男孩子都在田野上
跟着突突响的拖拉机跑，争着把光脚丫
埋进新翻起的带着机器温热的泥土里，
那种舒服的痒是我们的童年快乐之一。那时
我们几乎没有课外书看，村里流行过几本
翻得很烂的《封神榜》和《水浒传》。我们最佩服
土行孙能在土中遁行，熟记梁山泊一百单八将的外号
及座次，在田间割草或在河里游泳时争相吹嘘
其英雄故事。有一天黄昏，我们围坐在土崖边
听栓牢哥（他可是我们村唯一在镇上读高中的学生）
讲故事，似乎是当时流行的梅花党绣花鞋一类
稀奇古怪的侦破案，最让我们目瞪口呆的是——
栓牢指着不远处一个黑乎乎的窑洞，绘声绘色地说
那个窑里住着四个"美丽的"（他反复用这个我们很少
听到的词）女子，有一次他一个人经过时被她们拉进去了；
底下的事儿我们不甚了了，奇怪的是他似乎被人欺负了，

脸上却是很满足的样子。我们都怀疑这家伙在吹牛，
那个窑洞我们都钻过，不大，能装进去
五头牛，洞顶还被雨水冲出几个窟窿。
我们翻开土块捉蝎子和簸箕虫①（卖钱补贴家用），
洞里阴凉，还有一股枯草腐烂的霉味儿——
后来，我们再经过那个窑洞时，
都有点儿小心翼翼，放轻了脚步，
正说话的人也住口不语。

2011 年 5 月 5 日

---

① 簸箕虫，关中方言，学名"土元"，可入药。

鲁迅登上了大雁塔

民国十三年七月，鲁迅为写《杨贵妃》
跑到西安，登上了大雁塔，离
"唐朝的天空"更近了……

下来后，先生心情不佳，
灰心又酸心地称"一切都变了"，
遂打消了写长篇的念头。

先生到底看见了什么？
我们无从知晓。有人抱怨，有人惋惜，
中国现代文学史少了重要一笔。

不过现在，我们可以打个比方说，
鲁迅登上大雁塔时像杨炼，
下来后变成了韩东。

或者更准确地说，像李白一样登上去，
像杜甫一样下来，
像窦娥一样离开。

2011 年 9 月 2 日

李逵，女哪吒与城管

朝阳门地铁西南口，弯曲的林荫道向黄昏
伸着中产阶级慵困的腰，长凳上歇脚，摆龙门阵，
看风景者打着懒洋洋、一天终将结束的长哈欠。

忽然，一辆三轮车从报亭拐角如"卢浮魅影"闪现，
一骑绝尘冲向公园深处，骑手（烤白薯的小贩）
黑衣飘飘，黑发黑面，戴黑手套，龇着显得更白的牙

冲路人叫喊"借光！借光！"豪气如劫法场的李逵；紧随
其后，又一辆三轮车旗幡（"五香臭豆腐"）招展，车上
小铁锅油烟滚滚，小桶炉火苗上蹿，绿衣骑手一手叉腰

一手扶车把，神气如"不爱红装爱武装"之女哪吒。
你忍不住为俩骑手的好身手（瞧那速度与风度）叫好：
莫回首，把背影留给报亭后面那三个吐着烟圈的城管。

我们都能看见——
便衣，寸发，三张二十出头、长满青春痘的面孔，
三串司空见惯、权力与傲慢的烟圈。

2011 年 10 月 11 日

艺术家徐庶

少看《三国》，喜欢看赵子龙长枪白马，
长坂坡七进七出，取上将首级如探囊取物，
让爱人才的曹操又喜又怕。

年过不惑，我着迷的是徐庶——
元直先生乃行为艺术家，数十年背着一所
谁也走不进去的房子，在曹营里走来走去，

一言不发：让擅做思想工作的孟德同志绝望，
让爱背着房子旅行的蜗牛欢喜有了知音。

2011 年 10 月 19 日

孤独的人在听收音机

孤独的人在听收音机，
孤独的人在看电视剧，
孤独的人在大清早遛狗。

孤独的人在扫雨后的落叶，
孤独的人在卖香烟和啤酒，
孤独的人和石狮子一起站岗。

孤独的人坐在鞋摊补鞋，
孤独的人坐在窗前喝茶，
孤独的人坐在河边晒太阳。

孤独的人挤进地铁去上班，
孤独的人挤进菜市场买大葱，
孤独的人挤进街心花园反对独裁者。

孤独的人给久未见面的人写信，
孤独的人给乡村图书馆捐书，
孤独的人给教堂唱诗班修管风琴。

孤独的人在动物园看猴子表演，

孤独的人在大街上裹紧大衣，
孤独的人在办公室看文件的脸。

孤独的人好几天没刮胡子了，
孤独的人去森林里寻找刺猬和松鼠，
孤独的人消失在越走越远的路上。

2011 年 11 月 18 日

辑四　偶然的入侵

（2008—2010）

从楼梯上倒走下来

踏上楼梯，想给露台上的葵花
浇水，它的叶子已发蔫，有些枯萎。

走到拐弯处，从楼梯上倒走下来，
因想起桌上还有一杯茶尚温。

你不想等浇灌了花，茶又变凉，
如一起打球的朋友，多年不见

亦无音信，他上篮时笨拙的脚步
是否练得协调？还是早不打球了

大肚皮已覆盖了那清晰可见的肋骨？
又如多年不见亦无音信的女子，再见时

笑容依旧，那夕照映衬下眼角堆起的皱纹
却让你惊心。从楼梯上倒走下来——

仿佛能让下午露台上的花回到清晨，
让盛大的葵花返回花苞。

让大肚皮缩回，肋骨重现，
让皱纹消失，青春饱满如初。

从楼梯上倒走下来，恍惚之间，你
已浇完了花，喝光了让时光变苦的茶。

2010 年 9 月 5 日

老年人在排队

老年人在银行门口排队，
老年人在超市门口排队，
老年人在公园门前排队，
老年人在养老院前排队。

老年人在孤独前排队，
老年人在伤病前排队，
老年人在寂寞前排队，
老年人在荒凉命运前排队。

老年人在失忆前排队，
老年人在天真前排队，
老年人在恐惧前排队，
老年人在死亡前排队。

中年人在老年人前排队，
年轻人在中年人前排队，
青春在衰老前排队。

只有婴孩——
在永恒的天使前排队。

2010 年 11 月 15 日

我喜欢大雪飘飞的夜晚

我喜欢大雪飘飞的夜晚，
乡村苍茫，安静，像在谛听
雪片落在田野、树梢、屋顶的响声，
我蜷在被窝里盼着天亮去堆雪人打雪仗。

我喜欢大雪飘飞的夜晚，
那时我穿着母亲一针一线缝的"棉窝窝"①，
鞋底经不住雪水，很快会湿透羊毛织的袜子，
我在雪地里跑来跑去打闹，并不觉得冷。

我喜欢大雪飘飞的夜晚，
我和伙伴们在打谷场捉迷藏，
抓住一个"猎物"，罚他趴在厚厚的雪上，
写下一个四肢夸张、笑逐颜开的"大"。

我喜欢大雪飘飞的夜晚，
家里土炕烧得很热，让我牵肠挂肚的，
是将近年关，生产队热气腾腾的豆腐坊
新磨出的豆腐脑儿，那可是一年吃不了几次啊。

——————————

① "棉窝窝"，关中方言，棉布鞋。

我喜欢大雪飘飞的夜晚，
一个人在雪地上跑，雪片和冷风
迎面扑在脸上，有些硬，有些疼，
我却精神抖擞，仿佛有用不完的力气。

那时我以为我可以一直跑下去，一直跑到世界的
尽头。如今回首，我奔跑的童年早已停留在
黑白交织的木刻画上了：你再也跑不进去啦，
仿佛你也不是从那里跑出来的。

2010 年 12 月 10 日

烟台印象

在烟台，冬天的密林，
鸟巢在树杈间愈发清晰，
如同真理褪去绿叶的谎言。

想起小时爬树掏鸟窝划破了膝盖，
至今伤痕犹存，且一圈一圈儿扩大，
如同松树不撒谎的年轮。

在烟台，遇见今冬的第一场雪，
海面平静，远山黑白分明。
我跟六岁的儿子在雪地上玩，他抓起

人生的第一团雪（他从来没打过雪仗）
向我扔来，我倒地后把一个雪球扔出去，
仿佛要把它扔回遥远的童年。

2010 年 12 月 26 日

三角地

深夜梦里，你重返
三角地①。离开有六年了。
三角形的蜡烛，
光是好的，要有光，
三角形的光。
风吹得光影摇曳，
三角形的风。
革命之路尚长，像三角形
最长的边。
你抱着篮球跑过，
幸好，球还是圆的。
你被挂在墙上，
三角形的最贴切。
你遇见一个诗人，
拍拍他的肩膀——
他最近在谈
三角恋。

2009 年 1 月 20 日

---

① 三角地，北大校内公共场所，以张贴各种信息的报栏著称。

三月二十六日，午夜之前

午夜之前，我决意要写些什么。
一九八九年我二十一岁，海子二十五。
我在渭河边一处乡村教书，没读过他的诗。
二十年后，他依然二十五，我已年逾
不惑。二十年前，他可作我的兄长，
二十年后这个夜晚，我把他当小弟，
请他喝雪花啤酒，通县夜市吃烤肉。

下午看《二十四城记》，
影片中引用叶芝的诗：
"秋叶繁多，根只有一条。
在我青春说谎的日子里，
我在阳光下招摇。
现在，我萎缩成真理。"
据说叶芝写诗很慢，一天不超过六行。

这个节奏让我着迷，让我迷信某些数字，
而迷信的另一个意思是敬畏——
二十四桥明月夜，
何人吹笛山海关？
我沿地铁站的二十四级台阶，上、下，

上、下，不肯越过二十五，仿佛如此
锻炼筋骨，就可青春永驻。

2009 年 3 月 26 日，海子（1964—1989）去世二十周年祭日。

把大肚皮练下去

兄弟啊，看着你离开酒桌，
步履蹒跚地走向洗手间——
上台阶时，你的背上像趴着
一只腐败的熊：你的微颤的

贪官的腿，你的实行双轨制的
脖子的肉，你写了数年仍未完成的
小说《把大肚皮练下去》……
忽然我明白：趴在你背上的

是痛苦的熊，微颤的是忧伤的腿，
粗犷与优美并行不悖的是脖子的尊严。
我摸着自己年逾不惑而渐圆的肚皮——
兄弟啊，对，把大肚皮练下去。

2009 年 9 月 23 日

甲骨文

儿子三岁四个月，
手握半截红蜡笔，
在白纸上一笔一画地

写着，一边念念有词：
"萝卜、橙子、故事盒，
风筝、滑梯、电动车……"

我走过去一看——
哦，时光倒转三千载，
当初通行甲骨文。

2008 年 1 月 6 日

侠客梦

从胡同里跳上
有车轮的云朵，
大喝一声"我来也"。

那被风劫持的轻云，
还是愈来愈远。

你并不懊恼，
只想坐下来，
闭着眼睛晒太阳——

毕竟，坐在云朵上，
更像一个梦。

2008 年 3 月 24 日

海　象

从朝阳门地铁西南口钻出来，
走了许久，想起昨夜梦里
写过一首诗。准确地说，是
不期而遇，你欣喜地看着
一行行诗句列队迎面走来；
你大声吟诵着，暗下决心，
醒来一定要把它写在纸上。

人行道上，你绞尽脑汁却
一无所获，只模糊记得有
"一排排海象"，它们究竟何为，
如何编组成句，如何押韵，
都无影无踪了。哦，谁之罪？
你记性太差？地铁太挤？
还是海象吞食了那些句子？

阳光下重新迈步，海象还漂浮在
梦的海洋：你打算翻开《周易》
和《解梦百科全书》捕捉它，或
在办公室乘百度引擎全球搜索——
这会儿，先去路边小吃摊儿吞十个杭州

小笼包。嗨，五分钟前在地铁车厢，
你就是铁皮人肉包里的一撮儿馅。

2008 年 4 月 11 日

冰 箱

诗人都爱譬喻，
在餐桌上聊天，
他形容上一辈人脑筋僵化，
说他们的思想还冻在
二十世纪五十年代的冰箱。

酒足饭饱，向诗人告别。
坐在公园长椅上，打开他的
新诗集——春天来了，阳光清亮，
你满心欢喜，就像喝一口
刚从冰箱拿出的啤酒。

2008 年 4 月 25 日，与王家新中午聚餐后作。

喜 悦

——读臧棣诗集《宇宙是扁的》

在夜晚的地铁里读你的诗，
我感受到喜悦，虽然头顶
没有明月。你的诗句充满着
喜悦，或者说我怀着喜悦
读诗，互为因果；读一个
句子，就像我出手投一次篮，
身心都感到喜悦；地铁里
黑黝黝的树枝上许多花瓣，
每一朵都挂着喜悦；听说你
乒乓球打得不错，有机会
我俩打一盘，乒乒乓乓的，
跳着喜悦：弹性十足的喜悦，
丰满窈窕的喜悦——此刻我
发愁的是，到哪儿找一把
水果刀，把椭圆如梨的喜悦
削扁了，好装进信封寄给你。

2008 年 5 月 7 日，赠臧棣。

东堂子胡同游记

一个似曾相识的背影
带你拐进东堂子胡同。你清楚
那并不是你的旧相识——
你乐于把背影当成背景：再远一些
是胡同尽头的夕阳。槐树洒下
它的影子，低头看，坑凹的路上
积水似的聚了许多不同的影子，
如同积聚了陈年往事。分别、重逢
是你虚构的小说的主题，可是细节
芜杂，纠缠不清，难以取舍。
为什么不写成游记？朴素的纪实风
会带来清风，让狭窄的胡同也变得清爽。
灰墙上"各国事务总理衙门遗址"，字迹
斑驳，仿佛历史减轻了厚度。一个穿短裙的
靓女站在马路中央一边打电话，一边向
胡同口观望：她让游记节外生枝。
"蔡元培故居"正在维修，一个戴眼镜的
黑发青年从门缝向里张望，递进去对老校长
一百年的崇敬：他让游记顿起波澜。
你估算了一下，从故居到沙滩北大红楼有
七里之遥。据说，中国篮球运动史

是从胡同西端的青年会揭开了红盖头。
嗯，不错，一个浑圆、沾满泥巴的篮球
为游记画上句号也恰如其分，尽管你
和那熟悉的背影并没有打过球，
只是一起游过两次泳——
那个夏天游泳池畔，
你发现天堂就在人间。

2008 年 6 月 20 日

挑　选

在书店里看"巴山夜雨涨秋池"，
你想着诗人如何在窗前皱眉，踱步，
吸着夜气，提笔疾书又撕毁重写；
坐在灯下，喝酒或饮茶；删去
"快乐的雨滴"——他从一千行
诗句中挑出一句。

夹着书从书店里出来，街道
铺着青石板和高跟鞋的夏天。
一位女士抽着香烟，任头顶飘着
乌云的喜悦。"雨说下就下了"，
拐入一旁的儿童服装店——你要从
二十件小背心中给儿子选出一件。

2008 年 7 月 31 日

未名湖

五六年前在黄昏，绕湖一圈
散步，结伴或独自一人。未名湖
在春天，倒影中柳暗花明；冬天

是一处民间滑冰场，成为雪上情侣
留影的白底板；夏令营的孩子们
聚在湖畔，穿着燕大纪念衫，追赶

头顶一只若即若离的蝴蝶；秋天，
从湖心岛的树杈看过去，日薄
西山，留下不可名状的轻云。

绕湖一圈，与跑步减肥者相遇三次，
与骑车少女擦肩而过，遇见熟识者
打个空洞无物的招呼。坐在石头上

小憩，不远处，朗读者戴着潜水镜似的
眼镜，扎进知识的未名湖；沉思者
右手支着下巴，露出讳莫如深的微笑。

博雅塔下，旁观者围成一圈，

中间一男一女两艺术家，用一根
约两米长的细绳拴在一起；据说

他俩如是不分昼夜，无论何地，
要在一起过一年——哦，绕湖一圈，
绕湖一年，那根绳子今安在？

2008 年 9 月 2 日

偶　像

十年前，二十二岁的罗纳尔多①
效力巴塞罗那。十年前我出差
到北京，在兵马寺胡同宾馆里
看外星人踢联盟杯：他在中场
得球，草原上一只优雅的豹子，
招牌式的奔跑，过人，大象也
挡不住他，如果主是一头大象。
大象望着他进球的背影，阿门，
惊讶得忘了欢呼。胡同深处，
一只看到偶像的兔子又蹦又跳，
镜子里，我长出兔子耳朵两个。

十年后，罗纳尔多腆着大肚皮
在 AC 米兰。得球后，他不再是
豹子，他难以转身如一头大象，
一只羚羊也抵得住他，如果主
是一只羚羊。阿门，羚羊叹息，
地球人跟着叹息。六楼家里，
偶像的兔子坐在沙发上，转过
头去：八千里路云和月，镜子里

---

　　① 　罗纳尔多，巴西足球运动员，绰号"外星人"。

我留着小平头，手持遥控器，换至
央视新闻频道，看"神七"① 发射倒计时——
神（主）啊，能否把外星人带回家？

2008 年 9 月 25 日

---

① 神七，神舟七号载人飞船，25 日 21 点 10 分点火发射。

辑五　从未名湖到前拐棒胡同

（2001—2007）

中午酒

1

上午读《孙文波的诗》，一直到
肚子饿了，才发觉已到吃饭时间。
我记起见过孙诗人两次，一次在聚会的
餐桌上，有人介绍，点点头算是相识；
另一次在一座楼的楼梯上，相互微笑致意，
擦身而过。都是不期而遇，没有过多交谈，
但我读诗的时候老想到他的样子，仿佛
看见他对着我吟诵。押不押韵，倒
无关紧要，相反，一味追求音律
会让人不好消受，毕竟现代人的胃口
与诗的唐朝已大不相同。我倒宁愿
他写的诗像中午酒，让我简单的午餐
变得有滋有味，让我打着微醺的嗝
去散步。

2

礼士胡同东西走向，人来人往。

我拐到较偏僻的灯草胡同，它确实像
灯草一样细，阳光照下来也被细分
为二，一半是阴影；我在有阳光的
另一半走。一寸光阴一寸金，意识
到此，我的脚步变得更轻了，甚至
因谨慎而犹犹豫豫。一棵老槐树旁，
一块箭头似的路标却毫不含糊，方向
正确如有信仰者的铁打原则。说到信仰，
"你的个人问题如何？"一次，有个
在机关工作的老同学问我。我愣了一下，
才明白他在问我是否入党。此种说法
我第一次听到，不免感到新奇（为什么
是"个人问题"）；而且多年不见，
他说话的口气总像在问询。

3

"哪有一夜不同眠？"大街上一著名女星
在广告牌上半躺着，发出猩红的反问。
我驻足细看，才明白她是为床上用品代言。
"语不惊人死不休"啊，广告商仿佛都是
杜甫诗歌培训班出来的，甚至青出于蓝
而胜于蓝，他们比老杜工于心计，更善于
蛊惑人心。比如此刻，我不自觉地想象
与女星同眠，而她想卖的只是枕头与床单。
拐入一旁的中国书店，在旧书堆中可"淘宝"

并找到相对论的证据：在你眼里是废纸一堆，
有人却会朝思暮想。同理，你翻开画册，
就可以在十八世纪的科罗拉多大峡谷旅行，
有人会笑你痴人说梦，而你还是忘不了
进山时牵上一头驴，"细雨骑驴入剑门"。

2007 年 3 月 14 日

餐 桌

你起身离去，餐桌上
留下一个空啤酒瓶。

一个玻璃杯留下四分之一的沫，
一盘拍黄瓜，留下两瓣泡在醋里的蒜。

留下空荡荡的餐馆，
留言簿留下空白。

餐桌上不知是谁留下一张纸片——
"夜半钟声到客船"。

2007 年 5 月 9 日

云上的日子

此刻，在云层之上，
俯瞰一座座山，一朵朵云，
呷一口加冰的橙汁，
望着空姐领口小巧的蝴蝶结，
你不免有点儿走神。
不过，在云上要升华也容易，
你想在餐巾纸上写一行诗，
或者做出写诗的样子，
打量四周封闭的生活是否
给句子留出空隙：过道上，餐车
挡住了去路，小孩子急着要去
洗手间；悬垂的电视屏幕，任意球
从人墙脚底穿过，守门员的指尖
无法改变命运的罗盘；两点钟方向，
一个有些秃顶的男人，手指间
如沙漏似的露出以稀为贵的头发，
他想梳理密如乱麻的生活，可惜
找不到快刀。你扭头去看舷窗外，
搜索枯肠：云上的日子如云朵一样
飘荡，一群又一群白色的绵羊
时分时聚，你如何去做一只

牧羊犬，把活儿干得

尽美尽善？

2007 年 7 月 5 日

露　台

夜里，我一个人待在露台。
远处公路上大卡车轰响着
驶过。它把恐惧拖在身后。

那天，儿子被送进幼儿园，
他第一次独自面对陌生的
世界。半小时后我在六楼

听到他的哭声，赶紧跑下去。
在幼儿园一间屋子里，看见
他坐在地上，一个阿姨蹲在

一旁哄他。隔着一层玻璃门，
听不见他的哭声，但他在哭，
我一下子被一根绝望的锁链

捆住。如同此刻我站在露台，
周围空荡荡的夜色似铁凝固，
我仿佛变成儿子，坐在地上

无休无止地恸哭。隔着玻璃，

我的手抚不去他脸上的泪水，
是谁让我们陷入绝望和孤独？

2007 年 7 月 31 日

附记：六月初，儿子开始上幼儿园，就在我住的楼下。第一
天他哭的景象让我心有余悸。

地铁站的沈从文

一个瘦小的老头，戴着花镜，
手执三尺大毛笔，蘸着清水，
在路边一片灰砖空地上倒走着

写字。两行水写的诗，
从"月落乌啼"到"对愁眠"，
一分钟后就会从地面上

淡出，消失。我走过时想，
也许他会把同样的诗句
重写一遍。

他笑容可掬，
不似西西弗，
更像沈从文。

2007 年 8 月 1 日

九棵树三姐妹

——地铁车厢速写

九棵树站上来三个女孩，
十六七岁的豆蔻年华，
一字儿排开，坐在我对面。
我给她们各取一个名字——

嘴边有一颗美人痣的，叫小真，
小美在中间，笑起来两个酒窝
美酒斟满，脑袋靠着第三人的
肩膀，后者我叫她小善。

2007 年 9 月 5 日

蘑　菇

午后三点，刚下过阵雨，
我趴在书桌上打个盹。

蘑菇从地里钻出来，
顶破了苔藓的裤兜。

它在茁壮成长，以
蒙太奇的速度。很快

它感到森林的空和冷，
它叹气并探头探脑地

想找个温暖的洞和同伴。
直到我醒来，把它摘到

我的诗句中间，它还在
左顾右盼。它说"我很孤独"。

2007 年 9 月 13 日

隐身术

亮马河边，
一个老人垂钓。

鱼漂上扎着红线，
学蜻蜓趴在水面。

亮马河里的鱼啊，
小心潜伏在水里的鱼钩。

亮马河边，
有一片竹林。

你变成一根竹子，
别人就看不见。

在亮马河边，
看不到一匹马。

不远处，一条东西向的斑马线。
行人横过，骑在马背。

2007 年 11 月 13 日

晒

沿朝内大街，向西走，
太阳照着我的左半身。

脸上毛孔幸福地张开，
像迎接进城的左派。

从美术馆，我折身返回，
让太阳公平地温暖右半身。

路边一家门前空地上，晒着十几棵
无论左派右派都爱吃的过冬白菜。

2007 年 12 月 7 日

和儿子捉迷藏

儿子一岁半了，喜欢捉迷藏，
他一次次地充当猎手，
让我扮演东躲西藏的长耳朵兔子。

我小时候在村子里，
也是捉迷藏的高手，
常常让猎手们寻不着一丝踪迹。

在房间里，我的身手不再敏捷，
儿子摇摇晃晃小跑着，在阳台，
在储藏室，在厨房里找到我时，

他乐得转身就跑，小手向前伸。
不过，他不是要扮演兔子，
他急着要重新占据门背后

猎手的位置。
他还小，体会不了兔子的乐趣，
就像我现在为他写的第一首诗，

他长大了也不一定明白——

但我还是写下来，用简单的词，
就像冬天的阳光照在密林深处。

2006 年 3 月 6 日

地铁危情

一上车我就坐在靠门边的蓝色座位上，
没过几站开始打盹。车厢很暗，窗外
春色一闪而过，伸手也无法抓住半点
妩媚。洗发水、香皂、沐浴液却频频

拉扯我耳朵。睁开眼，身旁一胖一瘦
两女士，脚下堆着一大一小两塑料袋。
她俩膝盖对膝盖，眼镜对眼镜，一应
一答像在说相声，题材取自单位劳保。

与上月相比，少发了洗衣粉和柔顺剂，
并对比两家损耗及个人喜好，又罗列
两个老公的洗手细节（一个爱用香皂，
另一个在用完香皂后再挤几滴洗手液）。

尽管搁在衣袋，我的手起了一丝凉意。
接着，浑身皮肤紧缩：窗玻璃正聚集
愈胀愈大的白色泡沫，车厢就像一块
巨大的肥皂，在黑色铁轨上悄然滑行。

2006 年 4 月 13 日

天边一朵云

上午乘公共汽车穿过小胡同。
我戴着墨镜，车窗外风很大，
天上一团团云也很大，它们
紧贴着屋顶移动，让我惊讶。

天空蔚蓝，让人向往，着迷，
而云朵似乎很偏执，成方队
朝着同一个方向，步伐整齐。

下午两点，天边挂着一朵云，
我坐在书桌前，细细打量着，
是从上午的云阵中掉队的吗？
它升高了许多，已远离树梢。

周围没有同伴，它显得有些
轻飘，没有让人敬畏的重量，
没有城府，边缘和中心透亮。

我想起乡村的棉花地，也许
这一朵更像刚从棉桃中绽开，
就被风吹到天上，顺其自然，

它静静地在高空，宠辱不惊。

2006 年 4 月 19 日

巴尔的摩

在爱伦·坡一首诗的注释里
不起眼的位置，哦，巴尔的摩，
去年九月，一行人匆匆路过。

长途车暂歇，来不及细细
抚摸，只是站在内港码头，
打量清晨红色建筑的尖顶，

灰色的船舷，海鸟盘旋着，
空气吸入跑步者扩张的肺，
潮湿的风追着两只排滑轮。

旅行者只能摆摆姿势拍照，
快门争先恐后，微笑写上
巴尔的摩的嘴角，才显得

不虚此行。我按快门较慢，
巴尔的摩，印象中只留下
一只只红螃蟹雕塑静静地

趴在街心公园或路边草丛。

导游说，从这里可以看出
东西文化差异，好恶不同。

2006 年 4 月 28 日

夺面双雄①

他并不夺走我的面孔。
我低头思量，他拉着
我的衣襟耳语，小心
背后伸来的窃笑的手。

他也不像我趾高气扬。
我昂首看天，他站在
我的发梢向周围打量，
冲好奇的观众做鬼脸。

他不恶，就像我不善。
在梦里，我杀人如麻，
他并不磨牙也不吮血，
我死于非命也非报应。

不过，谈到如何拯救，
我俩的意识形态整齐，
如割过的韭菜。走过
菜地，表情一样晦涩。

2006 年 5 月 18 日

------

① 《夺面双雄》，又译《变脸》，吴宇森执导的动作片。

吓我一跳

昨天下午，我穿着球鞋
前往体育馆。心情不错，
在路口遇上红灯就耐心
等待。我站在斑马线上，
车辆以糖葫芦串的方式，
在我眼皮底下一晃而过。

我无法辨别它的酸和甜，
我的心思已飞往运动场。
我盯着红灯，只需再等
十秒，它就会转黄变绿，
我倒计数，九，八，七，
数到六时，我发觉身旁

站着一位女士，五，我
看到了她的眼睛，接着
大脑一片空白。全能的
主啊，你怎么让她眼皮
是靛蓝色？无所不能的
美容师啊，恐怖片伸出

一双双借尸还魂夺命手——
街道又不是电影院，我
被吓得六神出窍却无处
投诉。从明天起我不再
进理发店，不再看美容
广告。过马路时要谨慎。

2006 年 5 月 23 日

一切皆有可能

这个早上，我挤进地铁车厢，
看到一行字：一切皆有可能。

塞翁失马，马还会活到今天；
地铁上一个扎马尾辫的青年
读着佛经，一个胖子戴眼镜
出声吟诵马太福音第十八章；
听听，马太讲的是豫东方言。

我忍着压抑已久的喜悦下车，
一切皆有可能，我开始念叨：

作茧自缚，和在露台上喝茶
同样舒服。在茧里，如同在
黑夜的卧榻上听房檐滴雨声；
露台上阳光穿过花叶，绿茶，
我的最爱，在手里留下余香。

一切皆有可能，在街头小公园，
一朵清晨的白花追逐一只小黄蜂。

2006 年 5 月 24 日

戒台寺①

你坐在松树下的长椅上，松树
据说有千年之身，顺着树梢看，
久远得让人无法想象。歇脚的
片刻，一只白猫从长椅前走过，
估计没人饲养，毛色杂乱灰暗。

它在你脚前五步的地方，驻足
回顾身后的大千世界（包括你）。
它也许认为这是你无聊的猜测，
你怎么会知道它的心思，除非
你也是一只脚步懒洋洋的白猫，

除非你也有一双它那样的眼睛。
它和你互相打量。你心底惊叹
那双蓝色的眼睛，任何比喻都
黯然失色。你只好用叹息安抚
词语的苍白，一边看着它转身

离去。它隐身在寺门后，尾巴
在石阶上闪了一闪。你闭上眼

---

① 戒台寺，位于北京西郊门头沟区马鞍山麓，又名"万寿禅寺"。

调整呼吸，一边梳理近日所思。
戒台寺，这三个字在你的脚下，
也可理解为你在它的字里行间。

2006 年 6 月 5 日

理 发

中午我在一家从未踏进的理发店，
剪掉长了两个多月的头发，其间
我瞥了一眼地上的发屑，白发已
不能使我惊心。年年岁岁花相似，
白发从黑发中现形，风吹草低见
绵羊，可惜我的脑袋不是敕勒川。

晚上洗完澡，我低头看书，一滴
从发梢滑落的水落在第三十八页，
很快洇湿了指肚大的一片，花朵
似的，只是边缘模糊。多年以前
在下雨天，我把一小片银杏树叶
夹在一本书里。现在，了无痕迹。

2006 年 8 月 29 日

菩提树

看不清菩提树的样子，
我揉眼睛的时候想起
梦里两岁的儿子一边
噘嘴，一边用小手背
挤压眼角将出未出的
几滴泪，不知是什么
让他感到莫名的委曲。

天色微明。我的眼皮
发涩，是菩提树青黄
如砂纸的叶子擦拭过？
是梦中追杀让我困倦？
我在树下歇脚，是否
要把这俗套喜剧演完？

把这棵树砍倒，弯成
句号即可。"菩提树
又不是葡萄藤……"
话未及说完，我已看见
枕边儿子熟睡的小脸，
但愿他的梦风平浪静：

但愿他只梦见奶粉与
糖果，龙猫和小鸭子，
葡萄架下玩耍。但愿
他长大不会问："菩提树
和葡萄藤有什么关系？"
那时我满头白发如雪丝，
那时我应似飞鸿踏雪泥。

2006 年 9 月 29 日

阅读记

早上很冷，上车后我还在搓手，
瞥见右边座位上一位白领丽人
埋头在读《狼图腾》：纤纤玉指

紧紧抓住书页，红又亮的尖甲
差一点儿就力透纸背。我咬紧
嘴唇，以防牙齿的咯吱声惊动

芳邻。不料一扭脸，我的左边
几只企鹅在雪地踱步（戴宽边
太阳镜的男小资，图文并茂的

《国家地理》）。我四下里张望，
分别看见《美洲豹》《大白鲨》
《昆虫》《万象》和《马帮传奇》。

下午，在地铁站报亭看见晚报一道标题，
"乌鸦说话"，什么鬼？我从口袋摸出
一枚硬币，冲卖报的小贩高高举起。

2006 年 11 月 7 日

邯郸古地

我一个朋友去了邯郸古地，
回来后走路变得趾高气扬，
就像上化学课做过的实验，
他从烧瓶的过滤细管穿过，
化作一缕轻烟，后凝聚成

新的形象：墨镜，黄呢帽，
黑风衣，白衬衫，金戒指。
一张嘴，牙齿也换了武装，
镶着一道银色的星状骨钉。

我和他在餐馆聊天，一边
琢磨邯郸古地的地理风情，
就像我只在油画和诗句中
见过的阿姆斯特丹（河流，
石桥，小巷木屋，树叶金黄）。

我的朋友徜徉其中：有过
三次艳遇，偶感两次风寒，
拉肚子、遭劫各一次，被
警察盘问三次（查暂住证）；

在旅游点被宰两次，乘车
逃票、吃软饭（他本想请
刚认识的打工妹）各一次，
看足球赛三次（最后一次
翻墙而入），与人打架两次；

在足浴房洗脚、洗浴中心桑拿
各一次，在银行门口铁狮子前
徘徊三次（有两回裤腰里别着
玩具手枪），买彩票五次，
醉酒、露宿各一次……

我摸了摸口袋，钱夹硬硬的
还在，还够他再喝三杯扎啤。
时间尚早，够他讲如何发迹，
我也来得及想象邯郸的全貌。

我望了一眼窗外，树影朦胧，
行人如织，突然想冲出门外
揪住那个穿黑风衣的小伙子，
问他是不是也来自邯郸古地？

2006 年 11 月 14 日

首都剧场雾中一瞥

从首都剧场前走过，
戏似乎还没开演。

剧场屋顶蹲着一排鸽子，
灰白的翅膀不时抖动着，它们

依次向剧场门前空地俯冲下来，
连成一道优美的弧线。

也许是因为灰白的雾，
喂鸽人隐而不见。

也许他捧面包粒的双手，
已空空如也——

甚至鸽子灰白的利喙，已啄得
掌心的命运线变形，疼痛。

2006 年 11 月 20 日，赠钱文亮。

湖

雪，落在湖上，
看不见。

我让雪
落在纸上。

2006 年 12 月 5 日

候诊室

我坐在候诊室的长椅上,
女护士捧着一本《时尚》杂志。
她说医生还在路上:
"可能堵车了,这么大的雪。"

窗外雪花飞舞。
这会儿,我倒宁愿女护士手里
捧着一本《本草纲目》。
我瞅着候诊室的门,紧闭着——

李时珍一身风雪,推门而入:
看,李大夫背着竹篓,里面插满
采自密林深处的灵芝,
摘自高山之巅的雪莲。

2006 年 12 月 31 日,北京大雪中。

讽刺练习

火车颤抖着在高架桥上爬行，
仿佛小孩子第一次练习走路。
车厢里乘客处之泰然，仿佛
各自生了翅膀在湖面上飞翔。

桥下，有人在挥杆练习击球，
不担心呼啸的白球击中车厢。
他们在小山坡上挥扬着球杆，
仿佛小木偶在台上模仿钟摆。

看来，绅士运动也曲高和寡，
高尔夫球在郊区还不算流行。
舒缓的心情和明亮的小池塘，
仿佛是一个伸手可及的蛋糕。

可惜车厢里密不透风，似乎
众人从湖面上一齐收回翅膀。
你闭上眼睛平心静气地思考，
挥杆的背影不过是练习忧伤。

2005 年 4 月 13 日

喷水器

草地上三支喋喋不休的喷水器，
以明亮的抛物线画出三个圆圈。
三个女人一台戏，圆圈内
三片绿草各自施展妩媚。

路人戴着一副墨镜，
喷水器的水箭分三路向他射来。
他停住双脚，无动于衷，
甚至还无畏地向前挺了挺肚皮。

其实，喷水器只是虚张声势，
小草对路人的勇气也不恭维。
他自我膨胀于站在圆圈的弧顶，
想象自己就是第四支喷水器。

2005 年 4 月 15 日

地铁出口的大烟花

车厢里看不见湿漉漉的许多花瓣。
打个呵欠，人面桃花相映红变成
封面女郎，从一位女士的背包里
半露香肩；另一半让人侧目而视。

你不愿走电梯，那里挤满怕出汗，
肥胖，又怕孤独的高跟鞋和裙子。
大理石的三十九级台阶坚硬耐磨，
适合你沿阶而上的虚荣心和墨镜。

但地铁出口的光线叫人猝不及防，
阵雨后，古怪的云朵也让你诧异，
它们丰满，夸张，阴险像在窃笑，
压低了声音，隐藏着亢奋的嘴脸。

路旁篱笆里一不知名的红花开了，
像天空的云朵，拉长如舌的花蕊，
叶片硕大，边缘像被牙齿啃咬过。
一个有皱纹的人说，那是大烟花。

2005 年 6 月 29 日

早晨六点半的形象

一天早上，劫后余生似的，
从一个不安的睡梦中醒来。
在卧室通往卫生间的半路上，
你的左脚分辨着方向，
右脚还陷在梦的泥潭。

向前似乎只需一只蚂蚁的推动，
向后却有一头大象和你比赛拔河；
或者正相反，
向上需要一双老鹰的翅膀，
向下只需一支羽毛的拨弄。

请记住这个早晨六点半的形象——
分别有一只蚂蚁用细足触碰你的左脚，
一头大象用长鼻子卷住你的右踝，
一只老鹰邀你去天空飞翔，
一支羽毛却拖住你的肉身。

2004 年 7 月 6 日

地铁沿线

1

三节车厢虽不像三段论的逻辑严密，
它的肚子却装得下互相戒备的面孔。
它的胃口很好，像吃早餐那样——

它把胖子当馒头，
瘦子当油条，
涂脂抹粉的当点心，把

素面朝天的磨成豆浆，
年老的烤成黄面包，
年轻的煮开冲绿茶。

有一个婴儿哭哭啼啼的，
他也饿了，用小葱似的小手，
寻找母亲衣裳底下温柔的奶瓶。

2

从车窗望出去，鸟群

在黄昏的树林上空盘旋，
忽东忽西，怒气冲冲，
像丢钱包的女人在追赶小偷。

你有些担心，
它们会不会相撞？
正义感往往会使人眼冒金星，
幸好，从车窗望出去——

它们方寸不乱。
鸟自有它的秩序，
尽管被一只无形的手牵引着，
尽管被暮色织进捉摸不定的幕布。

3

车厢在高架桥上如菜青虫爬行，
密林的树梢在你脚底下溜过，
这样地铁会变得有几分轻薄，
一阵风就会吹得它像树枝摇晃。

"走钢丝的列车!"
这个念头并不美妙如杂技，
尽管它会让你和列车一起飞翔，
但你无法预知下落的轨迹，

它的加速度带来加速的恐惧——
谢天更要谢地，大地因其
广阔而不使你晕眩。

4

你沿着时间阶梯
一溜了之，多么
轻巧的一跳——

像一只鸟儿离开树枝，
它的重量只相当于
一根羽毛。

2004 年 1 月

地铁十三号线

早晨打着哈欠并不意味着
疲倦，准确地说是遵循习惯，
回避三轮"摩的"招揽生意的吆喝。
"北苑两块钱！"可是你觉得
距离与数量并不成比例，
你倒宁愿一边打着哈欠用两只脚
丈量土地，一边瞧着树梢的太阳
重复昨天的老把戏。

还有一种可能，打哈欠只是
想掩饰心里一点点不可示人的喜悦。
毕竟一日之计在于晨啊，仿佛一生之计
就像坚定的铁轨向右前方的树林延伸，
而有容乃大的树林给你的感觉就像安静的
摇篮。不过，拥挤的车厢并非熟睡的婴儿，
一只摇晃的手紧捏新早报，很多只眼
紧盯着第三版的投毒杀人案。

恐怖分子真是无孔不入，有人感叹
世风日下人心不古而地铁还不加速。
你稍有同感，但你似乎更关注

一闪而过的芍药居站长凳上坐着的
衣裙鲜艳的女孩。对你来说，她就是
地铁十三号线上一朵盛开的芍药花，
或是不远处天空上飘荡的一只漂亮的风筝，
这个比喻很适合你和她之间的距离。

说真的，风筝线并不在你手里，而是
掌握在打哈欠的地铁驾驶员的大拇指上。
尽管他对此毫不知情，他打哈欠也是
遵循习惯，他一边打着不长不短的哈欠，
一边看着黑又亮的铁轨拐弯。
风筝会断线，会挂在蜻蜓触角似的电线上，
而他从容不迫，不停电，不出故障
就是一成不变的生活原则。

2003 年 7 月 16 日

雪地跋涉

从三十楼的东边走过去，
一阵冷风在你额头左右各拍了一巴掌，
同时五十米外建筑工地上的探照灯，
也让你茫然的眼神略感惊讶。

大约十六年前一个冬天的夜里，
你一个人在雪地上走，
风也拍着你的额头，
村子在远处——

没有一点儿灯火，
你一个脚印、一个脚印的
在雪地上跋涉，
不紧不慢。

2002 年冬

礼拜五

上午十点钟，
一个戴眼镜的女生站在讲台上，
她的瘦削在无袖的双臂下荡来荡去。

她语速很快，让你惊讶，
就像从秋千架的最高点开始俯冲，
她在讲主体与他者关系的哲学问题，
你听到的是从耳旁穿过的嗡嗡响的风声。

接着，你想到了烤鱼，
可能是天太热了，
比往年的六月反常。

也可能是你肚子饿了，
但你并不怎么喜欢吃鱼，
鱼刺总让你觉出一种危险，
还有躲避不及的麻烦。

现在，坐在前排座位的老师返回讲台，
他更像小说的作者，叙事方式和
课堂秩序由他掌管。

瘦削的女生坐回位子，目不转睛
望着老师温而厉的面孔，不住
冲老师的谆谆话语点头，幸好，
比她的语速缓慢。

你稍稍舒了一口气，
秋千架的绳索开始恢复平静。
但你突然听见一个词：反常。

"在法语中，反常就是邪恶！"
你目不转睛看着老师的嘴唇
噏动着，像鱼在喘息；接着，
他举十八世纪的萨德侯爵为例。

你的神经纤维感受到了炙火的考验：
你被铁叉穿过胸膛，屁股底下是篝火，
两腮发黑，嘴巴象征性地一开一合。

"别忘了加些辣椒和盐！"
在火焰吞噬中，你绝望地说，
"今儿是礼拜五，
会餐的好日子。"

2001 年 6 月 1 日

跋：轻于蜻蜓点水

　　我的新诗启蒙，是八十年代初上师范时读的《新诗杂话》，印象最深的是卞之琳的《距离的组织》，其中有一句"友人带来了雪意和五点钟"，后来我写一篇小说时还引用过。师范毕业后，在闭塞的乡村学校教书，对八十年代神话传说般的"黄金时代"的诗歌运动及浪潮了解甚少，到了九十年代，我才读到海子的诗。那时我的兴趣主要在写小说上，因在《延河》上发表了一篇短篇小说，硕士毕业就去省作协工作，当的也是小说编辑。这期间只零星写过几首短诗。因此，很长时间以来，相比现代小说，我对新诗是比较迟钝的。

　　三十始学诗。我把写诗当作一项"志业"，已过而立之年，准确说是千禧年上北大读博之后。三年求学生涯里，北大浓厚的诗歌氛围，激发了我写诗的兴趣，特别是集中读了臧棣的诗，让我欣喜非常，如同一九九〇年我第一次读到卡夫卡的小说一样，在新诗写作上，找到了偶像般的趣味相投的人。此后，一直到现在，臧棣的诗集成了我的枕边书，成了我外出旅行时背包里的首选书。我发现，旅行和诗是天然的伴侣，在旅途中我也写了不少诗。

　　小说和诗。我是先写小说后写诗，很自然把写小说的经验用到写诗上了，因而诗大多是叙事性的，以一事一景起兴，以记叙展开，字里行间藏的是诗的抒情；或用白居易的话说，是"歌诗合为事而作"。

运动和诗。我是个体育迷，喜欢打篮球，打乒乓球，因此也常把运动的快感和写诗的愉悦相提并论。也许从根本上说，写诗和运动都可活学活用同一套"孙子兵法"，就像我写过的，灵感闻风而动，"它从草丛中一跃而起，／那样子像捕捉一首诗"。

诗和喜悦。弗罗斯特曾说，诗"始于喜悦，终于智慧"。我写诗则是始于喜悦，先感受到喜悦，再传达喜悦，很可能终于喜悦的表象上。

轻于蜻蜓点水，是我向往的，也是我写作想要达到的文学品质。轻，是轻快。借卡尔维诺的话说，是轻逸。在《未来千年文学备忘录》中，卡尔维诺总结"自己毕生事业的总体定义"时说，"我一向致力于减少沉重感：人的沉重感，天体的沉重感，城市的沉重感。首先，我一向致力于减少故事结构和语言的沉重感"，"轻是一种价值而并非缺陷"。

我带着一丝贪心假设，卡尔维诺若要写诗，大概就是《喜鹊与细柳》这样子的。

2019 年 2 月 19 日，朝内小街 51 号院